星へ行く船シリーズ 3

A Ship to the Stars series

カレンダー・ガール

★★★

新井素子

Motoko Arai

JN249789

出版芸術社

目次

カレンダー・ガール……………………5

PART Ⅰ★ウェディング・パーティ 6
PART Ⅱ★……誘拐？ 27
PART Ⅲ★麻子さんの事情Ⅰ
——カレンダー・ガール 52
PART Ⅳ★麻子さんの事情Ⅱ
——ゆきあたりばったりスペース・ジャック 85
PART Ⅴ★あ……あ……麻子さん!? 115
PART Ⅵ★Tea for you 147

PART Ⅶ ★ 三度目の正直・スペース・ジャック 169
PART Ⅷ ★ 神様……お願い 211
PART Ⅸ ★ おっかけてつかまえて、ひっぱたいてかみついて、けとばしてはりたおして、つねってぶんなぐって、とにかくしばきたおすのよ！ 240
PART Ⅹ ★ 人生に恩返し 267
ENDING ★ ……あーあ 291
熊谷正浩は〝おもし〟 305
あとがき 340

装画　大槻香奈
装幀　名和田耕平デザイン事務所

カレンダー・ガール

PART I
ウェディング・パーティ

「ほんっとに……きれいだったわねぇ」

台風一過。そんな様相を示している事務所のデスクの上にすわり、あたし、今日何度めかのこの台詞《せりふ》を、うっとりと呟く。目を半分閉じるようにして。うん、こうやってると、まぶたの裏にありありとうかんできちゃうの。麻子《あさこ》さんの、白い、ウェディングドレス姿。

「ああ……ほんっとに」

あたしが腰かけているデスクに、靴はいたままの足を投げだし、椅子に深く――椅子の中にもぐっちゃう程深く腰かけた太一郎《たいちろう》さん。

「ほんっとに、疲れた」

何よ、あたしがウェディングドレス着た麻子さんの姿を想いおこして甘い夢みてるっていうのに、この人、それ、疲れたって観点からしか問題にできない訳？　……ま、本当に疲れたことは疲れたろうけど。

「実際……ごく内輪《うちわ》の、仲間うちだけの式といっても、仲人《なこうど》っていうのは疲れますな」

と、ソファに腰かけた熊《くま》さん。ま、彼はいいのよ、熊さんは。熊さんが疲れたっていうのは、実にもっともだと思う。奥様と二人でとっても緊張して——ところどころつっかえつっかえ、仲人と式の司会っていう一人二役やったんだから。太一郎さんの〃疲れた〃っていうのとは質が違う。

太一郎さんが疲れたの、おそらくは格好のせい。この人、いつも、とってもだらしのない格好してるのね。ワイシャツの第二ボタンまではずして、ベストのボタン全部はずして、ネクタイはむすぶというよりぶらさげるって感じで、ひげは一週間に一度くらいしかそらず（つまり、ほとんど慢性的に不精ひげがはえてる）、髪はいつ櫛《くし》をいれたんだろうって感じで。その彼が、さすがに今日は——何せ、所長の結婚式なんだから——一日中、ちゃんとした格好、してた訳。確かに疲れはしたろうけど……あんまり自慢できる疲れ方じゃないわよ。

「山崎《やまさき》先輩。そんなんで大丈夫なんですか」

かちゃかちゃ音をたて、ティカップやワイングラスをキッチンに運びながら、中谷《なかたに》君がひやかす。

「あん？　大丈夫って何が」

「人の結婚式に参加しただけでそんなに疲れるんなら、自分の結婚式、どうするんです」

「いいんだ、俺は。もっとシンプルにやるんだから。公園か何かで、出席者の女の子に料理作ってもらって、男共に酒山程持ってこさせて、全員普段着の、どんちゃん騒ぎ風結婚式するから」

「こんな……区画整理のゆきとどいた街で？　見物人がいっぱいよってきちまう」

「誰も火星でやるだなんて言ってねえだろ。どっか、未開の惑星か何かで」

「雨が降ったら……」

「雨天順延」

「雨天順延の結婚式なんて聞いたことないですよ。それじゃ、奥さんになる人があんまり可哀想だ」

で、中谷君、ちらっとあたし見て。あたし、慌ててそっぽ向く。

「そんなこと気にしないような女房選ぶよ。……なあ、あゆみちゃん」

どきんっ。こ、こういう文脈で、あたしの名前がでてくると、その、あは、つまり、あん。

「おまえ一応女の子なんだろ。事務所のかたづけ、広明《ひろあき》にばっかりやらせないで、少しは手伝ってやれよ」

……がくっ。

妙なこと期待した分だけ、そのあとに襲ってくる失望のパーセンテージは大きく――あたし、返事もせずに、先刻《さっき》までは軽くぶらぶらさせていた足を、思いっきりぶらぶらさせだす。と、運悪く、ぶらぶらさせたその足が、床でミルクのんでたバタカップの目の前を行ったりきたりしてしまったらしく、バタカップ、とっても喜んで、あたしの足にじゃれつきだした。

☆

あ、この辺で一応、自己紹介しとくね。

あたし、森村《もりむら》あゆみという。今、二十歳の女の子。(何で、二十歳、の前にわざわざ〝今〟ってつけたかっていうと、あと一ヵ月たらずで、二十一になってしまうから。)

生まれは地球なんだけど、十九の時に訳あって家出し、家出ついでに地球まで捨てて、宇宙空間にでてきてしまった。で、何だかんだあって、最終的には火星におちつき、火星の水沢《みずさわ》総合事務所ってところにつとめている。まあ、ごく一般的な女の子——とは、ちょっといえないのよね。

左手だけが、あんまり一般的ではないの。筋力——がいくつだっけ、とにかく常人の何十倍もあって、握力五百。車にひかれてもつぶれないし、ちょっとやそっとの金属ならたたき壊すことができる。

勿論《もちろん》、普通の左手をいくらきたえてもこんな凄まじい腕になる訳はなく——これ、義手なのだ。

サイボーグ。すごくかっこよく言ってしまえば、あたし、左手のひじから先だけサイボーグなのだ。現代のサイバネティックス技術の最先端をいく、義手を持った女の子。

では何故、あたしの左手はこんな凄まじいものになっているのか。これを説明する為には、あたしのつとめ先のことについて触れないといけない。

あたしのつとめ先――水沢総合事務所。これ、総合事務所って全部漢字で書くと、何やるところだかよく判んないでしょ。仲間うちでは、ここのこと、やっかいごとよろず引き受け業事務所って呼んでる。

やっかいごとよろず引き受け業――一昔前の、私立探偵みたいなもの。こんな仕事についたせいで、あたし、この間の〝通りすがりのレイディ事件〟で、左手のひじから先、なくしちゃったのだ。なくした――レイ・ガンで焼かれちゃったの。

ただ、その時の依頼人がとっても優しい人で、なくしてしまったあたしの生身《なまみ》の左手のかわりに、この義手をくれたのだ。本当に生身の腕そっくりにできていて、傷ができれば一見血のような赤い液体を流し、体温もあり、X線防止装置（この義手つけてX線とっても、ちゃんと生身の骨のようなものが写るってしくみ）もついた腕。リハビリテーションのおかげで、あたし、何とかこの腕を使いこなす術《すべ》も身につけ（時々、力あまってドア壊しちゃったりするけど）、まあ、生身の腕を持っているのとたいしてかわりのない生活をしている。

と、まあ、ここまで書いたからには。あたしのつとめ先——水沢総合事務所——のメンバーについてもふれておくべきなのかも知れない。

まず、水沢所長。ここ、水沢総合事務所っていうんであるからにして、当然、所長は水沢さんっていうの。正確な年は聞いていないんだけれど、三十五くらい、かな。できたてほやほや中年。なかなかハンサムでみだしなみもよく——うん、彼を中年って言っちゃうのはちょっと申し訳ないかな——チェスの火星チャンピオン。とにかく切れる。

そして、麻子さん。旧姓田崎《たざき》、今日をもって水沢麻子になった人。今日をもって水沢麻子——つまり、今日、所長のお嫁さんになった人。

彼女は、この事務所の、事務・経理・記録等デスクワークの責任者。合気道の達人で、小型宇宙船のA級ライセンス持ってて、日本語、英語、フランス語を、ちゃんとした奴でも火星方言でもしゃべれる。金星方言も判る。そして、お茶くみのプロフェッショナル。もう、とにかく抜群においしいお茶、いれるのだ。

それから、太一郎さん——山崎太一郎。

彼は、この事務所一のうできき（と、本人が言っている）で、凄まじいハンサム（と、本人が言っている）で、とっても頼りになり（と、本人が言っている）、銀河系一のいい男（と、本人が言っている）。

と、まあ、やたらと〃と、本人が言っている〃って言葉がくっついたことでお判りのように、もの凄い自信過剰の人。（あ、とはいえ、この事務所一のうできさっていうのと、とっても頼りになるっていうのは、本人が言わなくても、まわりの連中が全員認めてることなんだけど。）ただ、彼は、銀河系一の自信過剰男ではあっても、決して、銀河系一のうぬぼれ男ではない。というのは。彼が〝できる〟といえば、たとえどんなに無理にみえることであっても彼は本当にできるのだし、彼が〝する〟といえば、たとえどんなに無理なことであっても、彼は本当にするのだから。

銀河系一過剰な自信を決して自信だけにとどめない、それだけの実力を持った男なのだ。なあんて、ね。いやにほめちゃったけど――実は。

実は、彼は、あたしの片想いの相手――というか、むこうもこちらのこと、好いてくれなくもないではない――というか、その、そういう人なんです。あん？　あたしが彼を好きで、で、彼があたしを好きなら、それは片想いって言わないって？　ま……それはそうなんだけど。ただ……恋人っていう程じゃないのね。今は、まだ。恋人と片想いの間っていうか何というか……はは、そういう人です。

それから。熊さん――熊谷正浩《くまがいまさひろ》さん。彼は四十をとっくにこえた、この事務所の最年長者。奥様と、お嬢さんがいる。もっのすごおく優しい人でね。もともと商社につとめていたんだけど、その、あまりに優しすぎる性格がわざわいして、商社づとめのまま、停年をむかえることができなかった。で、何だかんだあって（熊さんの年のはなれた弟さんが、所長の親友だったらしい)、この事務所につとめだした。

で。普通、こういうのってコンプレックスになるじゃない。年功序列の日本人型社会においては。弟のコネで再就職しただなんて。

が、熊さんには、そういうコンプレックスがまるでないのだ。といってもね、決して、鈍感だからって訳じゃなくて――何ていうのかな、そういうコンプレックスを、どっかで超越しちゃってる人なのだ、この人は。

そして、ラスト、中谷君――中谷広明。彼は、この事務所の中では一番あたしに年が近く、あたしと同期に入社した――つまり、唯一の同僚。

とはいえ。あたしが、何ら特殊技能のないただの女の子であるのに較べると、中谷君は。何でかな、お友達で、警察とかジャーナリズムの世界に就職した人が沢山いるからかな、ある種の特技を持っているのだ。

ある種の特技――情報屋さん。とにかく、彼に頼んで、ある程度時間がたつと、おそらく並大抵の人が知り得ないような情報を、いとも軽々と調べだしてくれるのだ。

ただ。情報収集を特技としている――自分の一番の才能は情報を集めることだと思っちゃってるせいかな、やたらともってまわった言い方するの。あと、皮肉屋で。この癖さえなければ、とってもいい人なんだけどね。

と、まあ、以上五人が、水沢総合事務所のメンバー――――あっと、いけない、忘れてた。バタカップ。

彼女は――メス猫なんだから、彼女なんだろうなあ――水沢総合事務所の、半メンバー。この間、殺し屋さん二人を思いっきりひっかいてつかまえたことから、動物としては初の、水沢総合事務所の仲間の中にいれてもらっている。あたしの飼い猫で、バタカップがこんなにきつい性格になったのは、おそらくは飼い主の性格がうつったのだろうとみんながうわさをしている。

とはいえ。本人――というか、本猫――は、日本語が判らないせいもあって、自分について語られているうわさにはいたく無関心な、まだ小さい、白い仔猫である――。

☆

五色の、細いテープ。むらさきと、赤と、黄色と、青と、みどり。クラッカー、ぱんって鳴らした時、とんで出た奴。

オレンジの花。（あ、これはオレンジ色の花って意味じゃなくて、オレンジの花。この花が実になると、いわゆる果物のオレンジになる。）かすみ草。しなやかな肌ざわりの深い赤のバラの花。数々のリボン。あたし達が「おめでとうございます」って言って渡したプレゼントを、一度その場で麻子さんはあけてくれ、で、本当に嬉しそうな顔で「まあ、ありがとう」って言った。そのプレゼントの包み紙やら箱やら何やら。

使いさしのティカップ、ワイングラス、各種のお皿。まだちょっとお料理は残っていて――あと、大皿の上に半分残ったウェディング・ケーキ。かたづけるものは結構あった。結構――いや、とっても。

今日、この事務所で内輪だけの結婚おめでとうパーティがあったのだ。午前中、わざわざトル・トウキョウ・シティの逆端にある神社まで、みんなででむいて神前結婚式をあげ、午後、事務所でおいわいパーティ。

で、パーティがおわるや否や。所長達はハネムーンにでかけ、残ったあたし達（熊さんの奥様は、子供のことが心配だからって一足先に帰り、麻子さんの御両親は――特におじさまの方は――やっぱり相当嬉しかったりさみしかったり哀しかったり、興奮したのだろう、ハネムーンに出る麻子さん達を送りながら帰った）で二次会やって、今、それも何となくなしくずしにおわったところ。

「それにしても」

お行儀《ぎょうぎ》悪くすわっていたデスクからぴょこんととび降り、あたし、床に散らばった紙くずを拾いだす。

「日本人の九九・九パーセントが無神論者のこの時代に、所長が神道の人だとは知らなかったわ」

この辺にも、もっと適当な式場だの教会だのがあったのだ。それをわざわざ、リトル・トウキョウ・シティの端っこの神社へ行くって主張したんだから。

「別に神道の人って訳じゃないんだ」

と、ものぐさそうに椅子の中にのめりこんだ太一郎さん。

「おふくろとおやじさんの結婚式が神社だったからだろ」

「……へえ。で、その水沢さんの御両親は？　何で来てなかったの、今日」

半分残ったウェディング・ケーキ。これ、どうしようかな。記念のものだから、捨てるのってあんまりだろうし。

「そりゃ無理ってもんだ。おやじの方は俺が生まれる半年前に死んでるし、おふくろは俺が十六の時――火星に来るほんのちょっと前に死んじまってる」

「ふーん」

とりあえずケーキにラップかけて。

「じゃ、それ水沢さんに聞かなくてよかった」

「何で？」

「普通、自分の両親が死んだって話、するの嫌なもんじゃないの？」

「ふーん。じゃ、俺にはそれ聞いていい訳？」

「え？　何で？」

「……いや、別に。……ところであゆみちゃん、あんた、それどうする気だ？　ラップなんかかけて」

「麻子さんが帰ってくるまでとっといてあげようと思って」

「そりゃ無理だよ」

中谷君が口をはさむ。

「何たってハニー・ムーンの人なんだから」

「冷蔵庫でも……一ヵ月は無理だろう……なあ」

「冷凍しとこうかしら」

「……おい、冗談、冷凍ケーキなんてどうやって食べるんだよ。下手に解凍すると、また生がわきウェディング・ケーキになっちまう」

「けど……ハニー・ムーンでしょ。冷凍でもしないと、どう考えても腐《くさ》っちゃう」

ハニー・ムーン。本当にこれ、凄いと思うの。

ハネムーン。こう書くと何のことだかよく判んないけれど、これ、正しくはハニー・ムーンっていうのよ。蜜月《ハニー・ムーン》。ハニー・ウィークやハニー・デイじゃないんだから。ムーンよ、ムーン。

こう麻子さんが主張して、ついにあの仕事が生きがいの所長が折れ、二人は一ヵ月、新婚旅行にでかけたのだ。まず小惑星帯めぐって、それから金星に行こうか木星に行こうか、今考えてるとこだって。ゆっくり金星・水星方面をまわるか、それとも木星・土星およびその衛星めぐりをするか。木星・土星方面へ行くのなら、天王星・海王星・冥王星まで足のばしてもいい。

ああだこうだはしゃぎながらケーキを冷凍庫にしまい、ティカップ洗う。

「あ、ありがと中谷君、それそこにおいといて。……あ、熊さんごめんなさい、いいんです熊さんは休んでて下さい。お疲れになったでしょ。ちょっと太一郎さん、熊さん働かせないであなたがやってよ」

「ずいぶん待遇が違うな」

なんてぶつぶつ言いながら太一郎さんが床のごみ拾う。あたしが食器あらって、中谷君がそれをふいてしまって、太一郎さんがあたりかたづけて――うん。三人でやると、早い。結構あったかたづけものがどんどん減ってゆき――と。

電話のベルが鳴った。

☆

「はい水沢総合事務所です。でも、今日から一ヵ月うち休みですよ」

太一郎さん、送話スイッチいれ、こう言う。それから、あれって顔して。相手が何もしゃべらないし、大体画面に何もうつらない――あ。

「太一郎さん、受像スイッチ、受像スイッチ」

あたし、小声で注意。太一郎さんは、舌うち一つすると、スイッチいれる。これ、駄目なのよね、ヴィジ・ホーン。うちの事務所にはいったのが五日前で、みんな、ついうっかりTV電話扱う感じでやっちゃうの。受像スイッチのおし忘れ。

「もしもし」

と。とたんに。あ……麻子さん？

「あ、麻ちゃんあんた何だってこんなとこにいるんだ」

「た、太一郎さんあなた、人の新婚旅行についてきたの⁉」

双方大声で一声叫び、それから同時に。

「あ、ヴィジ・ホーン！」

☆

「成程《なるほど》説明書って正しいのねえ」

それにしても。驚いた。ヴィ……ヴィジ・ホーンがこんなに心臓に悪いものだったなんて。

ヴィジ・ホーン——最新式のTV電話。今までのTV電話は、単にTV状の画面に相手の顔がうつるだけなのね。けれど、ヴィジ・ホーンは、エリア内に立っている相手の三次元映像がうつるの。一瞬、麻子さんがテレポーテーションでもして、この部屋にあらわれたのかと思ってしまった。

「鮮明な画像、確かな質感……説明書で字で読んだ時はそんなもんかなって思ってたけど……実際掛けてみると凄いわねえ」

麻子さんの、びっくりしている全身像。そして、驚きの余り床にすわりこんでしまった中谷君。煙草おっことしてせっかくふいた机の上を灰だらけにした熊さん。思わずバタカップを思いっきり抱きしめ、顔中ひっかかれてしまったあたし。

あん？　ヴィジ・ホーンいれてもう五日もたつのに、何で今頃そう驚くのかって？　だって、はじめてなんだもん。うちのヴィジ・ホーンにおよそのヴィジ・ホーンから電話掛かってくるのって。

最新式のＴＶ電話——実は、何をかくそう、まだほとんど市販されていないのだ。故に今までは、掛かってくる電話も掛けた電話も、全部普通のＴＶ電話。先方から送られてくる映像が二次元なんだから、当然こっちでその映像がうつる時も二次元で——つまり、何のことはない、今までは、単にスクリーンのついていない、かわりに空中に大きな像をむすぶ、ＴＶ電話のちょっと大きなもの、としか思っていなかったの。だから本当なら、こんなの買う必要なかったんだけど（ある程度普及するまでは、一軒だけこんなもの持ってても仕方ないでしょ）、所長が無類の新しもの好きなので。

「この船の電話がヴィジ・ホーンだったのよ。で、ちょっと掛けてみたんだけど……驚いたわ」

「……こっちも驚いた。で、どうなんです、そっちは」

船――セレスにむかう奴から掛けてるのかあ。(ま、それ以外のとこから掛けてるとしたら、新婚旅行に出かけた直後、所長と大げんかしたってことになるんだから、えらいことだけど)

それにしては、全然、画像乱れない。成程最新技術。

「どうって……万事好調よ」

麻子さんこういうと、幸せ一杯って表情になる。

「あのね、凄いの。所長――あ、ううん、良行《よしゆき》さん、優しいのよお。荷物全部、お部屋まで運んでくれたの」

「ま……それくらいはするだろうなあ。昔、どっかで読んだことがある。ホテルのボーイさんの話で、来たカップルが新婚かどうか見わけるには、荷物見りゃいいんだって。男の方が荷物持ってると新婚、女が荷物持ってると結婚して何年めか」

「そんな皮肉な言い方しなくてもいいでしょ」

麻子さん、ぷっとふくれる。

「そんなんじゃなくて、本当に優しかったんだから。一ヵ月の旅行だから、荷物、大きなトランクに五つもあったのよ。それ全部」

「一度に持ったの?」

「二度にわけて」

「二度にわけて……へえ、そりゃすごい」

「すごいでしょ。ね？　そのあとだって、本当優しかったんだから。ちょっとくしゃみしたらすぐ上着かけてくれるし、何かっていうと頭なぜてくれるし」

「頭なぜるっていうのは……優しいってことなんだろうか」

なんて、ふと太一郎さんが口すべらせて。さあ、そのあとは大変だった。いかに所長が優しいか、の説明が、身ぶり手ぶりいれてえんえん十五分！　そして、麻子さんは、十五分間一方的にのろけをきかせ――ふと表情がぱあっと明るくなり。

「あら、ごめんなさい、所長が、あ、また言っちゃった、良行さんが呼んでるわ。じゃあね」

と言って、電話をきった。

★

「俺……言わなきゃよかった……そっちはどうか、なんて莫迦なこと。少なくとも新婚旅行中の女には、絶対聞いちゃいけないことだったんだ……」

ぐたっ。椅子の中にのめりこんで、太一郎さん。

「あゆみちゃん、キャビネットの中に、まだワインのこってたろ。あれ、持ってきて」

「ワインって……あんまり飲むと、あれ、悪酔いするわよ」

「いいんだ、悪酔いしたい。えんえん十五分も、惑星間のろけ攻撃で直撃されてみろ。並の男は死ぬぜ」

「……同感」

中谷君も、ソファにのめりこんでいた。

「俺も飲みたい……」

で、仕方なしにあたし、キャビネットの方へ行き。

「熊さん、どうします？」

「ああ、それじゃいただこう。……いやあ、若い人はいいねえ」

熊さんは全然、惑星間のろけ攻撃がこたえていないみたいだった。

「新婚当時の喜和子《きわこ》は本当に可愛かった……」

何か、奥様との新婚旅行、思いだしてるみたい。

かくて、麻子さんの、惑星間のろけ攻撃のおかげで、どういう訳か三次会が始まってしまった――。

☆

「お、麻子さん、可愛い！」

中谷君が叫ぶ。ちょっと変色した写真。みつあみにして、サロペットスカートなんかはいちゃってる麻子さん。三次会のさかなに、麻子さんの御両親が所長にくれ、所長が大切に棚にしまっておいた、麻子さんの子供の頃のアルバムをみんなでのぞく。

「いいと思わない、女の子のみつあみって。麻子さん、まるで女子高生みたいだ」

「まるで女子高生って——ここに〝麻子十六歳〟って書いてあるわよ。十六なら本当の女子高生」

「いやあ、このくらいの頃は、子供ってみんなおんなじ顔してるんですなあ」

熊さんは、ひたすら麻子さんが赤ちゃんの時の写真を眺めている。

「うちの娘も、いずれどこかの男にさらわれちまうんだろうか……そんなこと……」

口の中でもごもご呟いて。

「でも、あんまり文句ばっかり言って、パパ嫌い、なんて言われると困るし……」

「麻ちゃんくらい胸があると、水着姿もいいもんだな」

って太一郎さん。ふん、どうせあたしは胸ないもん。

と。また、電話が鳴った。

「何だろう」

先程の惑星間のろけ攻撃のショックからようやく立ちなおったらしい太一郎さん、ヴィジ・

ホーンの前へ行き、スイッチをいれ。

と――また麻子さん!?

「あ、麻ちゃんどうしたんだ」

しどろもどろと逃げごしになった太一郎さんに、麻子さん、しあわせ一杯麻子スマイルをむけて。

「先刻、話が途中できれちゃったでしょ。だから、先刻の続き、良行さんが――きゃあ、良行さんって言っちゃった、うふっ、どんなに優しいかって……」

太一郎さんは床にすわりこみ、中谷君は机の下にもぐりこんだ。かくて、惑星間のろけ攻撃第二弾が始まったのである――。

★

結局、惑星間のろけ攻撃は、合計で四回あった。大体一時間に一回くらいの割合で。そして、九時半。

「前の惑星間のろけ攻撃が八時半ごろだったから、そろそろくるんじゃないかな」

もうだいぶいい気分になっているみたいな熊さんが言う。太一郎さんと中谷君、まっ青になって。

「冗談じゃない。おい、広明、もう帰ろう」

「声だけならまだしも、身ぶり手ぶりがついちゃうと、もうたまんないですよね」

二人はそそくさと帰り支度はじめて。あたしもそろそろ帰らなくちゃ。と、熊さんが慌てて。

「おい、冗談だよ、二人共。いくら何でももうこないよ」

「どうして判るんです」

不信をこめて、太一郎さん。

「そんなこと言って俺達ひきとめて、第五回の攻撃うけさせようって腹じゃ」

「まさか。だってもう九時半だよ。あの二人は今日が新婚初夜なんだから」

「そうだ。いくら何でも、もう掛けてこないか」

太一郎さんの声、ぱっと明るくなる。中谷君も、安堵のため息ついて。とたんに鳴る、電話のベル。二人は、じとっと熊さん睨《にら》んだ。

PART II
……誘拐？

「……麻ちゃん。いくら何でも、あんまり電話ばっかしてると、水沢さんに嫌われるぜ」

太一郎さん、暗い声でヴィジ・ホーンの画面睨む。と。

「……悪いが麻子じゃないんだ」

しょ……所長!?

「み……水沢さん!?　まさかあんたまで、わざわざのろけを聞かせる為に電話」

「掛ける訳ないだろうが」

ほっ。太一郎さんと中谷君、あきらかにそういう顔をすると、どちらからともなく手をだし、握手した。それから、太一郎さん、ふいに不審気な顔になって。

「でも……とすると、一体何なんです？　余程の用がなきゃ、水沢さんが電話なんて」

「そう。余程の用なんだ。……おまえら、麻子知らないか？」

「麻ちゃん？　だって、一緒に新婚旅行……」

「いなくなっちまったんだ」

「いなくなったあ？」

「ひょっとしてひょっとすると、誘拐されたのかも知れない」

「誘拐？」

太一郎さんの表情がぱっと真面目になり、中谷君眼鏡を掛けなおし、熊さんソファからすばやく身をおこし、そしてあたしは。ばきっ！

「……ああ、その、お気にいりのデスクの修理については、あとで話そう」

所長、軽くため息ついて。

「す……すみません」

「いいよ、まだ慣れてないんだから。とにかく麻子が消えた事情を話すよ」

あたしは——あたしの多少無茶苦茶な左手は。興奮して立ちあがろうと、力一杯デスクに手をついて——デスク、まっ二つに折ってしまったのである。

☆

麻子さんが消えた事情っていうのは、大体こんなものだった。

まず、八時十五分に、麻子さんと所長夕飯をおえ、軽く一杯ひっかけようっていうんで、二人で船内のバーへむかった。バーの入口、レジの脇にヴィジ・ホーンボックスがあり、ここで麻子さん、事務所に第四回のろけ攻撃をかけ、それからレジの左ななめ前のお手洗いに寄り。所長はマティーニを、麻子さんカカオフィズを注文し。五、六分談笑して、八時四十分。ふいに麻子さん、また立ちあがったのだ。

「ちょっとお化粧、直してくるわね」

と言って。

この時、所長、ちょっと変だなって思いはしたのだ。ほんの五、六分前に麻子さん、お手洗いに行ったばかり。いくら何でも近すぎるんじゃなかろうか。

とはいえ。結婚式エトセトラで、いろいろ緊張したのかも知れないし、先刻お茶をのみすぎたのかも知れないし。その時は所長、それをそんなに気にしていなかったのだ。

ところが。マティーニをのみおわり、二杯めがきて、それをのみおえても。まだ麻子さん、帰ってこない。時計を見ると、もう九時すぎ。

これは、いくら何でも、遅すぎるんじゃないだろうか。そこで所長、ちょっと不安をおぼえる。

疲れがたまっていて、で、トイレでスカートゆるめて――ふっと気が抜け、貧血か何かおこして倒れているのではあるまいか。あるいは、お腹をこわしたってことも考えられる。

そこで所長、お手洗いの前まで行き。ところがやはり、どうにも恥ずかしくて、Ladiesと書いた方にははいれない。

しばらくお手洗いの前をゆきつもどりつしていると。運のいいことに、むこうから、おそうじのおばさんが来た。所長、おばさんに理由を話して、中で女の人が倒れていないかどうか見てきてもらう。

と、中にはいったおばさん、いやに早く——ほんの一ながめしたってくらいで、出てきてしまい。

「中には誰も——お客さん一人もいませんよ。奥様、一足先にお部屋の方へもどられたんじゃありませんか?」

麻子さんが自分に断わらず部屋へ行くとは思えない。それに大体、部屋の鍵《かぎ》は所長が持っている。こう主張して、所長、おばさんと一緒に婦人用お手洗いの中にはいった。

客室の備えつけの電話が最新式のヴィジ・ホーンであることからも判るように、ここ、船としては超一流な訳。故に、トイレの中も、実にきれいだった。

うすいクリームイエローの、大理石を模した大きなタイルがはられた床。はいってすぐ、左手は一面の鏡、そして鏡の前に広い洗面台が五つ。その前には、濃い茶色の革製のストゥール。ピンクの高級せっけんと、ハンドクリーム。奥には個室が五つ。ドアはすべてあいていて人は一人もいなかった。

「ね、誰もいないでしょう」

だから言ったのに。ひょっとしてこの人は、何やかやと口実つけて、単に婦人用トイレをのぞきたかっただけなのかしら。そんな感じでおばさん、鼻をうごめかす。

「ええ、そうですね」

適当にあいづちうちながら、所長、極めて職業的な目で、あたりを観察する。

いくつかあるくずかご。どれもみんな、ペーパータオルが数枚捨ててあるだけで、とりたてて変わったことはない。壁にも特に落書きはないし――あれ。

「おばさん、あそこ――一番手前の個室、何かつまってますよ」

誰かお手洗いでトイレットペーパー以外のものを流そうとした人がいるらしい。紙がつまっている。

「あら嫌だ。ここにトイレットペーパー以外のものを流すなって書いてあるのに……」

おばさん、そうじ用具を持ちあげて。

「ここは私がそうじしますので、お客さんはどうぞお席の方へ」

「あ、ちょっと待って。その紙だけど、何か、誘拐って文字が書いてあるように見えないかい？」

「ゆうかい？」

で、おばさんと所長、協力してそのつまっている紙をひっぱりだし、床にひろげて。紙は、数十枚あった——あ、といっても、数十枚もの紙を流したって訳じゃなく、数枚の紙を細かくちぎって流そうとしたみたい。

ジグソーパズルよろしく、その紙片を組みたてようとして。所長、断念。ないものが多すぎるのだ。おそらくは、半分程は流れていってしまったに違いない。

「これ……客室に備えつけのレターペーパーですね。それに鉛筆で字が書いてある。……ということは、またお客様のいたずらかしら」

おそうじのおばさんが顔をしかめる。その間所長は手帳をだすと、読める断片を手早くメモしていった。

あずかった。ついては我々の支示に
察に連落した場合女の命の保
れは誘偈である。もし、もう一度
には決して官利を目的としてこの誘
くまで、自然保護としての目
娘はあずかった。ついては我々の支
域から手をひけ。さもなければ女
のやり方についてはのちに支示を

「どうも……変だな。重複している」

所長、小声でこう呟いてみて。重複している。あずかった、とか、女の命の保証、とか、誘拐である、とか、その類《たぐい》のことを連想させる単語が多すぎる。とするとこれ、一枚の脅迫状ではないのだ。数枚の——おそらくは、二枚か三枚の。

「あら、やっぱり子供のいたずらじゃないかしら」

所長の様子につられて、まじまじと脅迫状を見ていたおばさんが、声をあげた。

「どうして？」

「だってこれ……真面目な脅迫状にしては誤字が多すぎますよ」

誤字。本当だ。支示——これは、指示、だ。誘伢——これは、誘拐。官利——は、おそらく営利。連落は連絡。

「やっぱりっていうのは、どういう意味だい？　前にもこういういたずらがあったのかい？」

言っていいのかどうか、少し悩んでいる。おばさんのそんな風情《ふぜい》を見て、所長、さり気なくポケットからお札《さつ》をだして。

「いろいろ手数かけちゃって悪かったね」

おばさん、すばやく胸ポケットにお札をつっこみ、これ、内緒《ないしょ》にしといて下さいね、なんて言いながら、話しだした。

「前に、この船、爆弾さわぎがあったんですよ。レストランで、爆弾がどうのこうのって書いた紙が数枚でてきたんです。テーブルの下にはりつけてあった、とか、花びんの中にはいっていた、とか。それが〝爆弾の第二ヒント〟とか〝第四ヒント〟とか書いた紙で――その、ヒントっていう文字を見て、この船のマネージャーは、それ、おそらく子供さんのいたずらだろうって判って……一所懸命、お客様を落ちつかせようとしたんですけれど……一人のお客さんが、レストランの中央のグランドピアノのふたの中から、〝これが爆弾だ！〟って書いた紙と、小さな箱をみつけてしまったんですよね。おまけに、その箱の中で、かち……かち……かち……って音がしていたもんですから――とてもお客様を落ちつかせることができずに、パニックになってしまったんです。慌てて救命艇の方にお客様が殺到して、興奮したお客様の一人が非常ベルとスプリンクラーのスイッチ、おしてしまったんです。さいわい、スプリンクラーが連動式ではなくて、温度によって水を出す型だったので、一区画がぬれただけですんだんですが……この騒ぎにまぎれて、大切な荷物をおとしたり、お財布をすられたお客様が続出しまして……」

「で、結局、その爆弾は」

「旧式のめざまし時計でした。お子さんの一グループが、レストランで爆弾探しゲームやってたんです」

所長、おもわずふきだす。と、おばさん、きっと真顔になって。

「笑いごとじゃないんですよ。その、お子さんのグループっていうのが、この船の親会社のえらいさんの子供達だったんで、結局、責任全部、マネージャーとレストラン係にかかってきちゃったんです。お客様がパニック状態になったのは、お前達の対応が悪かったせいだって……。さんざおこられるし、減俸にはなるし……。マネージャーは出世コースからはずされてしまったし……」

「それは……可哀想に」

「だから、この船の人はみんなこういう類のいたずらについてはとっても神経質ですよ。誰か人がいなくなって、で、その人の関係者のところに脅迫状が届いたんならともかく、単にお手洗いの中に脅迫状のようなものがつまっているだけじゃ……」

確かに。そういう事情があったのでは、とてもこれだけのことで、この船の乗組員がこれを事件と認めてくれるとは思いがたい。

大体、所長自身もまだ、麻子さんが誘拐されたとは思ってないし……誘拐されたのなら、所長の所に脅迫状が届くのが順当であって、婦人用お手洗いに破いた脅迫状を流す、というのはどう考えても少しおかしい。それに麻子さんが幼児だというのであれば、誘拐を心配するのは無理のない話であるが——麻子さんは、れっきとした大人なのだ。

所長は、じゃ、もう一回捜してみます、とか言って、おばさんにお辞儀をし、婦人用お手洗いを出た。

もう一回、バーを見て。医務室をのぞき、船内アナウンスを二回流してもらい。結局、麻子さんの姿はまるで発見できず、所長、部屋に帰った。で——驚く。

麻子、俺に無断で一回部屋に帰ってきている。

髪の毛が、落ちていた。やあねえ、子供っぽいこと好きなんだから。何も小説のスパイの真似、しなくていいでしょ。そう麻子さんに言われながらも、つい、はってしまった髪の毛が。髪の毛を、一本、抜く。それに水をつけて、ドアの外に——ドアから壁にかけて、はりつける。

と、誰かがドアを開けると、その髪は床に落ちるか、半分はがれるのだ。その髪の毛が、落ちていた。

前後左右、見まわして。大丈夫、廊下に人影はない。そこで所長、ひざまずくと鍵穴をのぞきこんで。案の定、ごくかすかではあるが、誰かが鍵以外のもの——ヘアピンか、針金——で、鍵をあけた形跡がある。充分見構え、ドアを開ける。部屋の内部には、誰もいない。

ダブル・ルーム。はいってすぐ、左手に大きな洗面台と、洋服だんす。その奥にドア。ドアのむこうは、バスとトイレ。そのまま、洗面台の方へ行かず、まっすぐゆくと、大きな空間。

くすんだ赤いじゅうたんをしきつめた部屋、ダブルベッド。完全にベッドメーキングされており、誰かがここに寝た形跡はない。ベッドの脇にはナイトテーブル。ナイトテーブルの上にスタンド。そして、部屋の、ベッドの逆端の壁には、小さな書きもの机、スタンド、ヴィジ・ホーン。左に、小型のたんす。そして、椅子が二脚と丸テーブル、そのむこうに窓。窓の外いっぱいに広がる宇宙空間、見事なイルミネーション。

「これ……か」

所長、テーブルの上においてあった小冊子を手にとる。この船の地図、船内の各施設の案内、電話の案内（ルームサービスはダイヤル4、とか、モーニングコールはダイヤル7とか、外線につなげるには、まずダイヤル0をおしてから、とか）なんかを書いた小冊子で、中にレターペーパーと封筒、絵葉書がサービスでついている。それから、もう一回部屋の中を見まわして――あれ？

上着が、ないな。この部屋で脱いで、椅子の上にほっぽりだしといた奴。それが消えていて――かわりに、椅子の上に、見慣れたショルダーバッグがおいてある。ショルダーバッグ――麻子の。先刻、バーで麻子がお手洗いに立った時、持っていった奴。

洋服だんす、あけてみる。上着があった――きちんとハンガーにかけて、ブラッシングしてある。それとりだしてポケットさぐる。所長の手帳――あれ、ポケットの位置が違うぞ。胸ポケットにいれた筈の手帳が、内ポケットに移動してる。革の表紙に口紅で字が書いてあり……。

〝ごめんなさい。

心配しないで〟

ため息ついて、上着をもどす。もう一回洋服だんすの中を見ると。麻子さんのワンピースが消えていたのだそうだ。ワンピースと……ブラウスも二枚くらいみあたらない……あ、下着もだいぶ減っている。

……どういうことだ、これは。

所長、どしんと椅子に腰をおろした。頭かかえて煙草くわえて。それから、ふと気づいて麻子さんのショルダーバッグをあけてみる。

ハンカチ、ティッシュペーパー、くし、ピンクの小物入れ（中には口紅と白粉《おしろい》とコンパクト、ほお紅、アイシャドウ、リップクリーム）、ボールペン、手帳（中には特にこれといったことは書いてなかった）、カードケース（宇宙船のライセンス、キャッシュカード、車の免許証、美容院のカード入り）、お財布。特に何も目ぼしいものはないな。そう思って、所長、それらをもう一回ショルダーバッグの中にしまおうとして。ふと気づく。

お財布の中。お札以外に一枚、白い紙がはいっている。それ、ひろげてみる。

女はあつかった。女の命を助けたければ、我々の言うことを問くように。警察に知らせると、女の命の証はない。まず十七日に予定されているショウを即刻とりやめること。そして、今後の第二十七星[redacted]城のヴィードールのらんかくをやめろ。

保証しない？

予定がある、十七日の予定の

域 どういう字だっけ？

こ……これは？　これ、ひょっとして、あのお手洗いに流してあった脅迫状と同じもの？

所長、本格的に訳が判んなくなってきた。

★

「……はあ。そりゃ……訳、判らんですなあ」

太一郎さん、椅子の上でどっかりあぐらくんで所長の話に耳を傾け。それから、この台詞と一緒に大量の煙を吐きだした。

「判らん。たしかに、さっぱり訳判らん」

中谷君も首ひねってる。

「何か話を聞いた限りじゃ——麻ちゃんが自発的に出ていったみたいで」

「そんな莫迦なことがあるか！」

「ええ。そんな莫迦なことはないと思いますよ。蒸発する人妻が脅迫状をトイレに流したり、心配するなってメッセージのこしたりするっていうのは、状況として異常としか言いようがないし……大体、惑星間のろけ攻撃をかけるような女の子に蒸発された日にゃ、俺、おっそろしい女性不信になっちまう」

それから太一郎さん、眉をひそめて。

「かといって……誘拐された、とも思いにくいし……」

「問題は、それなんだ」

所長、苛々《いらいら》と、ネクタイしめたりゆるめたりする。

「もし、麻子がさらわれたんなら——あいつ、何だって、一回部屋にもどって着換えまとめ、俺の上着にブラシかけたんだ？　おまけにあの〝心配しないで〟ってのは何だ？　誘拐犯が、さらった女に、夫の服にブラシかける自由を与えるとは思いにくいし」

「大体、誘拐された本人が脅迫状持っててどうするんです。そんなもんは、誘拐された本人に渡したって、どうしようもないじゃないですか。トイレに流してもしかたないし」

「おまけに、俺には、〝十七日のショウ〟だの、〝ヴィードール〟だのに何のこころあたりもない」

所長と太一郎さん、お互い顔見あわせて。太一郎さん、ゆっくりため息ついた。

「判りました。行きましょう」

「え？」

「行ってみますよ。ここであゝだこうだ言ってても仕方ないんだから。その船、いつセレスに着くんです？」

「明日――十六日の午後二時……四十分っていったか五十分っていったか、とにかくその辺だ」

「とすると、今からだと……ま、追いつかないこともないな。明日の朝にはおいつくでしょう」

「お……おいついたって、途中で船にのれないぞ！」

太一郎さん、肩すくめて所長の台詞うけ流し。早くも麻酔銃だの、片づけてあったサンドイッチだのを袋につめだす。

「お、おい太一郎。おまえ」

くすっ。ヴィジ・ホーンの所長を見上げ、太一郎さん、笑って。

「人のハネムーンの邪魔すんのも、面白いかも知れない」

☆

ヴィジ・ホーンを切ったあとの太一郎さんの行動は、意外と敏速だった。

「熊さん、申し訳ないけど、しばらく事務所にいていただけますか？　連絡役、つとめて欲しい」

「ああ……いいよ」

「広明、おまえ、すぐ調べろ。その……何だっけ」

「ヴィードール？」

「そう、それについて。あ、その前に、エアポートに連絡しといてくれ。うちの事務所の小型宇宙艇整備しといてくれって。今から三十分以内にゆく」

「三十分って……リトル・トウキョウ・エアポートまでは、小一時間かかりますよ」

「三十分！　それから、あゆみちゃん、ついといで」

「あ、はい」

慌ててバタカップをバスケットにいれる。

「何だよ、その猫も一緒か？」

「だって、あたしがいないとこの子うえ死んじゃう」

「OK。とにかく急いで。先に靴はいてろ。じゃ、熊さん、あとお願いします」

って、二人で事務所とびだし。

三十分。あー、三十分！

本当にこの人、小一時間かかるリトル・トウキョウ・エアポートまで三十分で行ったわよ。

その点は凄い。たしかに凄い。それは認める。でも——その、方法が。

走るんだもん！　長距離用の、めたくた速い、ムービング・ロードの上を。普通の人は、このムービング・ロード、小さなくぼみに半ばすわるようにして乗るのよ。高速ムービング・ロード、バランスとるのがなかなか大変って奴なんだから。そこを——全力疾走《しっそう》！

後にも先にも、こんな怖い経験は初めてだし——もう二度としたくない！

三十分で空港について、すぐさま手続き、そして。

事務所をでた四十分後には、あたし達、宇宙空間にうかぶ人となっていた——。

☆

離陸して、しばらくして。ようやく自動操縦にきりかえた太一郎さん、無重力用カップコーヒーにストローさしこむ。無重力状態を初体験し、やたらはしゃぎまわり、その辺をとびまわっているバタカップを片眼でおいながら、あたしもカップコーヒーお相伴《しょうばん》して。

「で、その、あゆみちゃん」

ようやく落ち着いたらしい太一郎さん、あたりをとびまわっているバタカップをながめて。

「その猫……何とかならないの」

「何とかって？」

「その……空中をとびまわるの、何とかして欲しいと」

「無理よ。シートベルトしめるにはあまりに小さすぎるし、重力靴もはけない」

「うーん……そうか」

バタカップ、空中で器用に回転しながら、太一郎さんの前髪にじゃれてる。

「で、聞きたくないの？」

「え？」

「何で俺がこんなに急いだか」

「あ。聞きたい」

事情聞いた限りでは、まだ麻子さん、誘拐されたとも何ともはっきりしないし、心配するなってメッセージ、あったし。

「麻ちゃんは、自分から水沢さん捨ててしまってどこかへ行く性格じゃ、絶対、ない。ついでに麻ちゃん、女性用トイレで消えた訳だろ？　女性用トイレにみとがめられずはいれる人種——女性——で、あの人をさらえるような人は、まず、いない」

それは、そうね。合気道三段、おまけに仕事のせいで、そういう事態に場慣れしてる。

「とすると、麻ちゃんがあんな風にいなくなるってことは……まきこまれたんだよ、何かに。好奇心か何かで、他様《よそさま》のやっかいごとに自発的に首つっこんじまった。まず、このパターンだと思う」

「うん」

「とするとね、おそらく、早目に行って手助けしてやんなきゃいけない事態になってると思うんだ。あの人……意外とドジだから……下手すると無茶苦茶なやっかいごとひきおこしかねない」

「う……ん。でも、じゃ、何であんな。素直に所長にそう言えば」

「あれは性格。あ、それから今度は俺がちょっとおまえに聞きたいんだけど……ヴィードールって、知ってんの？　先刻俺が言葉につまった時、すぐ〝ヴィードール〟って言ったろ？」

「うん。……あ、あたしの知ってるヴィードールが、例の脅迫状にあったヴィードールなのかどうかは判んないんだけど……ヴィードールって、あれじゃない？　近藤《こんどう》商会のヴィードール・コレクション」

「近藤商会？　ヴィードール・コレクション？」

きょとんとしている太一郎さん。やった。あたしが太一郎さんに教えてあげられることもあったんだ。

「男の人って興味ないかな。毛皮よ」

デパートには、大抵、ヴィードール・コレクション・コーナーっていうのがあるんだ。お値段もかなり手頃だし、見ためも本当にきれいだし。毛皮に興味はないけれど、あれだけ安い毛皮、一回見たら覚えちゃう。

「地球産のミンクとか、アンゴラウサギのコートなんて、普通の女の子には夢のまた夢じゃない」

あんなの、あたしの年収を軽くこえる。

「その点、ヴィードール・コレクションは安いんだ。あたしのお給料でも、充分買えるの。なのに、皮の質はよくてね。今、ちょっとしたヴィードール・ブームなのよ」

「毛皮か……」

「知らない？　近藤ゆりかってモデル」

「近藤ゆりか……あ！　知ってる！　トランジスタ・グラマー」

……変なことは知ってるんだなあ。

「あの人、よく毛皮のモデルしてるでしょ」

「ああ、あの、ＣＧアニメの画面の奥から、えらく気品にあふれた毛皮のコート着た近藤ゆりかが歩いてきて、ターンする奴」

「それはＴＶ用のＣＭね。あの近藤ゆりかが近藤商会の社長の奥様なのよ。で、ヴィードール・コレクションのイメージレイディ」

「奥様って彼女……」

「三十五、よ」

「さ……さんじゅうご!? 二十代だと思ってた」

……グラマーって要素だけで、ここまで人の眼って、おかしくなる訳。

「何かとにかく……ヴィードールっていうのは、どこかすごく寒いとこにある星の動物らしくて……ちょっとビーバーに似てるんだって」

「ビーバー……二十七星域……あ、ヴィヴ！」

太一郎さん、叫ぶ。今度はあたしが判んない。

「ね……ヴィヴって何？」

「ちょっと前に——ああ、あんたがまだ地球にいた頃だ——火星や何かで、やたらはやったペット。ビーバーにそっくりな、陸上生物。そっくりっていっても、前歯の感じとサイズだけだけどね」

こう言ってから太一郎さん、少し哀し気な顔になり。

「ずいぶん可哀想なめにあった動物なんだ。すごく染まりやすい毛皮してんだって。で、わりとすぐ成長がとまるらしい。で、成長がとまるとすぐカラーリングされてさ。イエロー・ヴィヴだの、ピンク・ヴィヴだの、ブルー・ヴィヴだの……全部で七色のヴィヴが売りにだされた」

「……へえ」

「すぐ、ペットとしては売られなくなったけどね。この地方――火星にしろ、どこにしろ、暑すぎるんだ。ヴィヴっていうのはもともと、マイナス五十度くらいの星にいた動物で……火星や何かで飼うと、いくらおりにクーラーいれても割とすぐ死んでしまうらしい。……そうか、あのヴィヴが、今じゃ、ヴィードールって名前で毛皮にされてるのか」

……何か……そういう話聞いてると……ヴィードールの毛皮買うのって、すごく罪なことのような気がしてきた。あ、そうか。だから名前変えたんだわ。ヴィヴ、から、ヴィードールへ。むかし、ペットとしてでまわっていた動物と同じ名前の毛皮じゃ――何かいたいたしいものね。猫皮コート。犬皮マフラー。……いたいたしい。

そのあと。あたし、太一郎さんにすすめられて、すこし仮眠とった。夢の中で、ビーバーが、いとも人間風に、くすんくすん泣いていた――。

☆

ヴィー。

緊急通信の軽いノイズで目をさます。そのままちょっと夢見心地で、通信器から流れてくる聞き慣れた声に耳を傾けていた。聞き慣れた声――中谷君。

「行く先は未だ不明です。船長クラスもまだ犯人側からどこへ行け、と聞いた訳じゃないらしいんで……」

「こんないい加減なスペース・ジャックがあるかよ！」

　太一郎さんの声――スペース・ジャック？

「そもそも、スペース・ジャックかどうかもよく判んないんです。一応、管制塔は、緊急スイッチがはいったのを確認はしたらしいんですが……。どこへでもいいから、セレス以外のとこへ行け、あ、火星に帰っちゃ駄目だっていうのが、犯人側の第一声だというらわさです」

「一体全体何なの？　何があったの？」

「あ、あゆみちゃん、目がさめたか。実は、どうもセレス五号が――水沢さん達の乗った船が、スペース・ジャックされたらしいんだ」

「らしい？　どういうこと？」

「……実はよく判らないんだ。情報がとぎれとぎれにしかはいってこないんで、断定はできないんだが、推測で言うと……大体こういうことらしい。あの船の中で、どうやら本当に誘拐事件がおこったらしいんだ。で、犯人が何か要求したんだが、それ、断わられて――そうしたら、犯人、急に人質をたてにスペース・ジャックしたらしい。人質の命がおしければ、とにかくセレスに行くな、と」

「セレスに行くな？　スペース・ジャックって、普通、どこかへ行けって言うもんじゃない？」

「ああ。それに、スペース・ジャックしてまでセレスに行きたくない奴が、何だってセレス行きの船にのるんだ？」

「とにかくこの件は訳が判らなすぎますよ」

苛々と、中谷君。

「脅迫状をトイレに流してみたり、訳の判らないスペース・ジャックしたり……。一体全体、犯人は正気なんだろうか？」

「とにかく我々は、セレス五号をおう。広明、十五分ごとに、セレス五号の位置を知らせろ。あゆみちゃん、俺にコーヒー」

ぷちん。太一郎さん通信切ると、苛々と火をつけない煙草くわえたまま上下に動かして。

「はい、コーヒー。……あたし、判るような気がするな」

「何が」

「犯人の不可解な行動の理由。たった一つの単語をいれると、判るんじゃない？　〝行きあたりばったり〟っていうの」

「行きあたりばったりい？」

「そう。犯人が、もし、行きあたりばったりで誘拐をやって、で、それが失敗したから、今度は行きあたりばったりでスペース・ジャックしたとしたら」

「まさか。あんたじゃあるまいし」

「だけど、世の中には、あたしみたいな性格のスペース・ジャック犯がいるかも知れないわよ」

「冗談言ってないで。宇宙食、少し積んであったろ。一パック出してくれ。それから……やっぱ、この猫、つないどいてくれよ」

初体験の無重力状態にひたすらはしゃぎ、自分で自分のしっぽおいかけ、空中を前後左右にとにかくとびまわっているバタカップを、バスケットにいれる。

この時は——あたしも冗談だと思ってたのよね、自分の台詞。犯人が、本当に行きあたりばったりスペース・ジャックをしたって判った時には——自分でも、あぜんとした。やっぱり。

PART III

麻子さんの事情I
――カレンダー・ガール

さて、この間。麻子さんがどうしていたのかというと。これ、本当なら、だいぶ後になって麻子さんと合流するまで、おおまかな事情すら判んなかったし、細かい事情は、事件がおわったあとまで判んなかったんだけど、それ、どこかで話しとかないと、この件、おわるまで本当に訳判んないだけの事件になってしまいそうだから……。ちょっとずるして、ここで、麻子さん側の事情も並行して書かせてもらうね。

まず、時間をすこし戻して。麻子さんが、四回めの惑星間のろけ攻撃をかけた直後。麻子さんは、お手洗いにはいった。

「あら……満員ね」

仕方なしに、鏡の前のストゥールにすわり口紅ひきなおす。と、鏡の中で。個室のドアの一つがあき、女の子がでてきた。

わ……何て派手。

麻子さん、一瞬、絶句。

女の子——年の頃は、十四、五だろうか。まだ、本当にあどけない、少女少女した体つき。ふんわりと、胸まであるやわらかい髪。その髪は——全体にやわらかい金と焦茶の中間の色で、見事なシュガー・ピンクのメッシュがはいっているのだ。ふんわりと、まるで綿菓子みたいに。

髪、染めてるのかしら。ううん、染めてるのには違いないけど、この子、この年でここまで派手に。そう思ってしげしげと鏡にうつる少女の顔をみつめると。

とっても、目鼻だちが整っていた。大きなぱっちりとした瞳、きれいな二重《ふたえ》、とおった鼻筋、すこしこづくりのかわいい唇。

また、立ち居ふるまいが。群を抜いて、鮮やかだった。

実に優雅にドアを閉め、手を洗い、少女らしい、フリルのいっぱいついたスカートからまっ白のレースのハンカチを出す。

プロのモデルだ。麻子さん、納得。そうでなきゃ、とても普通の人間は、ここまで優雅に動けまい。とすると——ああ、あの髪は、仕事で染めてるのね。

とにかく、個室が一つあいたものだから、麻子さん、そこへはいろうとし、その少女とすれ違い——あら。

何かしら、紙が落ちている。あの子、きっと先刻ハンカチだした時にポケットからおとしたんだわ。紙を拾って、ふり返る。が、もう少女の姿はなく。
いいわ、あれだけ目立つんだもの。ちょっとお手洗い寄って、そのあとでおいかければ。あんな鮮やかな子だもの、すぐ見つかる。
そう思って、何気なく、落ちていた紙をみる。変な——字。一字一字、定規でひいたみたいな——あん?

女はあつかった。女の命を助けたければ、我々の言うことを問
ず　聞
くように。警察に知らせると、女の命の証はない。まず十七日
保　保証しない?
に予定されているショウを即刻とりやめること。そして、今後
予定がある、十七日の予定の
の第二十七星[redacted]城のヴィードールのらんかくをやめろ。
域　どういう字だっけ?

こ……これ。脅迫状? にしては、字を直してあるところや何かが……脅迫状の下書き?

何で今の女の子があんなものを。

まだ、子供よね。とても彼女が人一人誘拐できるとは思えない。とすると、これ、何かのいたずらなのかも知れないし。

考えあぐね、麻子さん、その紙片をおり、ショルダーバッグの中にいれる。つい無意識に、いつもの癖で、お札入れの中に。

そして、お手洗いにはいり——やだ、つまってる。別なところ……。

何か訳の判らない、不審な気分のままで所長の許へもどり、カカオフィズたのんで。あら、あの女の子、あたくし達のななめ前のテーブルにいるわ。そばにいる二人は、お父さんとお母さんかしら。お母さんの方……わあ、美人！ あのお母さんからなら、あの子が生まれるのって、当然よね。

と。その女の子の表情が、ふいに変わった。ポケットの中を探っていたらしい右手を、ちょっと不審気にみつめ、またお手洗いに立つ。あ、きっとあの紙おとしたことに気づいたんだわ。

つられて、つい、麻子さんも立ちあがってしまう。ちょっとお化粧直してくるわね、なんて所長に言って。一応、ねこばばしたようなものなんだから、あの女の子にあの紙を返してあげなきゃいけないような気もするし……あれがいたずらなら、軽くたしなめなきゃ。ま、良行さんに言う程のことでもないし……。

お手洗いの入口で、麻子さん、その少女においついた。少女、自分が手を洗ったあたりの床をじっと眺めている。

「ね、あなた」

うんと優しく声かけて。少女の肩、びくんとふるえる。

「何か探しもの、してるの?」

「いえ、別に……」

何となく愛想笑いうかべて、少女、首を振る。それから、何でもないかのような顔をして、さり気なくお手洗いから出てゆこうとし。

「あなたの探しものって」

あたりを見まわしつつ、麻子さん、言う。うん、今、さいわいあたりに人影ない。でも、一応声をおとし。

「あの、脅迫状?」

「きょ……何のことです?」

少女、何とかとぼけようとする。でも、無理。ぎくんとした様子が、顔全体にでてしまう。うふ、見かけよりずっと素直で正直な子なんだ。かわいいっ。

「とぼけたって駄目よ」

「と……とぼけてなんて、あたし……」

少女の顔、一瞬、泣きそうにゆがむ。それからぱっと表情が変わって。

「お姉さん……あれ、拾っちゃったんですか」

軽く下唇かんで、上眼づかいに拗《す》ねたような目つきで、麻子さん、みつめる。

「あれ……ないと困るんです。返して——でも、返してもらっても、お姉さんがあれ見ちゃった以上、仕方ないのか……困ったなあ……」

髪をかきまわす。

「うーん、困った……どうしましょ、お姉さん」

「どうしましょって、あなたね、誘拐——はあなたの体格じゃ無理だろうから、狂言《きょうげん》誘拐かな、とにかくそれ、やめればいいのよ」

「やめる訳にはいかないもん」

女の子、軽くほおをふくらます。

「だって、あたし、誘拐される方なんですよ。あたしがやめようって言ったって、誘拐する方はやめたくないだろうし……」

「え？」

「あたしが嫌だって駄々《だだ》こねたら、むこうは暴力的にあたし誘拐するって言ってるし、あたし、暴力的に誘拐されるの、嫌なんです」

「ちょ……ちょっと待って。どういうことなの」

「だから、あたし、誘拐されるんです、近々。で、それってもう、決まってるんですよね。今更嫌だなんて言っても」

「誘拐されることが決まってるって、つまり、狂言誘拐なんでしょ」

「ううん、狂言なしです」

「……は?」

「あのね、この船に、あたしを誘拐するって人が乗ってるんです。ちょっと前にあたし誘拐されかけて、で、ちょうど今、あたし、誘拐されたいなあって思ってたから、どうせならあたしも協力するけどどうか、って言ったの。したら、誘拐犯の人が、そりゃ、君が協力してくれるならその方が嬉しいっていうから、あたし、彼のかわりに脅迫状書いて、で、それをママのポケットにつっこんで、で、誘拐されることになってたんです。なのに、その脅迫状お姉さんが」

……この子、日本語を話しているのだろうか。と……とてもじゃないけど、意味判んない。

「あの……つまり、狂言誘拐じゃなくて、本当にあなたを誘拐しようと企てている人がいる訳なの?」

「うん」

「で、あなた、自主的にその誘拐犯に協力しようと……」

「そう! 判ってくれました?」

わ……判りはしたけど、あまりに異常なシチュエイション。

「あの……ね、誘拐されるって、そんな、ハイキングに行こうみたいな、気楽な気分でできることじゃないのよ。下手したら殺されるかも知れないんだし……」

「殺される？　冗談。何であたしが伸之《のぶゆき》に？」

「のぶゆき？　あ……あなた、誘拐犯、知ってるの？」

「ええ、友達です」

……また、話がよく判んなくなってきた。

「あの……あなたのお友達が、あなたを誘拐しようとしているの？」

「あ、ううん、逆です。あたしを誘拐しようとした人と、あたし、お友達になったんです」

普通、そういう状態で、お友達関係って成立するもんなのだろうか？

少女、何が何やらよく判らずに頭かかえてる麻子さんの瞳に、まっすぐ瞳を向ける。それから、にこっと笑って。軽くゆれる、綿菓子のようなやわらかい茶の髪。

「お姉さん、いい人ですね」

「……え？」

「あたしの話、莫迦にもせず、笑いもせず、ちゃんと聞いてくれたもの、いい人ですね。脅迫状のことだって、頭ごなしに怒ったりしなかったし」

本当にひとなつっこそうな笑み。

「あたし、まりかっていいます。近藤まりか。お姉さんは？」

「田崎──うぅん、水沢麻子」

「麻子お姉さん、か。……と、これでお互いに自己紹介すんだ訳で、で、あたし、お姉さん、好きです」

「……はあ」

「お姉さんのこと、お友達だと思っていいですか?」

「それは……いいけど」

「じゃ」

まりか、麻子さんの腕に腕をまわして。首を麻子さんの肩にもたせかける。

「これでお姉さんも経験できますよ」

「何を?」

「お友達に誘拐される気分。あたし、たった今、麻子お姉さん、誘拐しました」

「……! あのね」

「騒いじゃ駄目。騒いだらひどい目にあわせちゃいます」

「ひどい目って……」

「うーん……かみついたら……痛いだろうし……あ! わき腹、くすぐります。思いっきり」

……あ、あ、あのね、あのねあのねあの。普通わき腹くすぐられるからって誘拐される人がいるもんですか。

麻子さん、そう言おうとして——で、やめた。いるんだわ、わき腹くすぐるって言われて誘拐される人間が。あたくし、この子に誘拐されてしまった。この子が歩くと、それにつられて一緒に歩いちゃって。

だって。こんな——こんな、髪の毛の色以上に突拍子もないことをする子、放っておける訳がないじゃやない。

☆

トントン。麻子さんにべったり甘えたような格好でもたれかかったまりかちゃん、シングルのお部屋をノック。と、中でごそごそ鍵あける気配がして。

「……あ、まりかちゃん。もう出てきたの」

「うん。あのね、緊急事態発生。あたし、女の人一人、誘拐しちゃった」

ぺろっ。まりかちゃん、舌だして。かわいっ。

「ゆ……ゆうかい！」

「ちょっとお、伸之。あなた、仮にも誘拐犯なんでしょ。誘拐犯が大声でそんなこと叫んじゃ駄目」

「あ……はい」

伸之、と呼ばれた男、素直に謝る。それから、ドア、大きくあけて、麻子さん達を部屋にいれてくれる。

二十……二十一？　あゆみちゃんと同い年くらいの男の子。中背で、おそろしくやせぎす、眼鏡かけて。うーん、どこにでもいる、普通の大学生ってイメージね。少なくとも、誘拐犯には見えないわ。麻子さん、伸之君を観察しつつ、そう思う。

「あのね、こちら、水沢麻子さん。こちら、小林《こばやし》伸之君。以上で紹介おしまい」

まりかちゃん、こう言うと、たったかベッドの方へすすみ、ベッドの上にちょこんとすわってしまう。

「水沢さん……ですか、どうもすみません」

伸之君、麻子さんに謝る。

「あの……おそらく……まりかちゃんのやったことだから、水沢さんはこれを冗談だと思ってるでしょうが……あの、本当なんです」

「本当って何が？」

「本当にあなた、誘拐されたんです、ごめんなさい」

「ごめんなさいって、あの……」

「誠に申し訳ないんですが、誘拐されたんだと思ってあきらめて、当分この部屋から外へ出ないで下さいますか？」

「ちょっと……困るわ、それ」

「誘拐された人物って、大抵困ることになっているんです」

「それはそうでしょうけど……あのね、あたくし、新婚旅行の一日目なの。夫がね」

「まあ、新婚旅行は一生に一度しかない大変なことだっていうの、判ってますけど……誘拐されるっていうのも、おそらく一生に一度の貴重な経験だと思って……」

……冗談じゃないわ。普通の人にとって、誘拐がどうのこうのって事態、一生に一度あるかないかでしょうけど、あたくしにとっては、これ、仕事なんですもの。何でよりによって、新婚旅行一日目から仕事にまきこまれなきゃいけないのよ。

「貴重な体験だと思って……思ってくれないみたいですねえ」

「あたり前よ。日常だもの」

「日常！」

まりかちゃん、大声あげる。

「麻子お姉さん、しょっちゅう誘拐されてるの！」

「……ううん、そうじゃなくて」

どういう発想だ。

「あたくしね、私立探偵みたいなことしてるの」

「しりつたんてい！」

今度は、まりかちゃんと伸之君、同時に叫ぶ。そして。

「それは、凄い！　それは、嬉しい！」

「うれ……しい？」

「教えて欲しかったんです」

伸之君、ひしっと麻子さんにしがみつく。

「教えるって何を？」

「正しい脅迫状の書き方！　二人で何度も下書き作ったんだけど、どうしてもしっくりいかなくて」

……あのね。頭痛がしてきた。

☆

十五分後。まりかちゃん、でかけていた。お部屋の中に、伸之君と麻子さん。

さあて、どうしましょ。

麻子さん、少し、悩む。合気道三段で、けんかの達人。早い話、麻子さん、いつでも伸之君、気絶なり何なりさせること、できるの。でも……。

「すみません、変なことにまきこんじゃって……」

仲之君、しきりと麻子さんに謝る。

「僕としては――ごく、個人的に、自分の一生を棒にふっても、近藤譲《ゆずる》を――まりかちゃんのお父さんを、苦しめてやりたかったんです。で、彼女を誘拐しようとして……彼女の人柄があでしょ。何か途中から、ごく正統的な誘拐がどんどんゆがんでしまって……」

「あ……はあ」

「ついには、どっちがどっちを誘拐したのか、よく判んなくなっちゃって……」

「あなた、誘拐ができる人柄じゃ、なかったのよね……」

何故か麻子さん、仲之君、はげます。

「誘拐なら、もっとぴしっとやらなきゃ……」

「でも、まりかちゃんには何の恨みもない訳で……それに大体、あの子をどうこうしようだなんて、できると思いますか?」

「……思わないわ」

あの子――まりか。本当に凄い女の子なんだもの。もっのすごおく、常軌をいっしていて――で、結構礼儀正しく、優しく素直ないい子で――発想が無茶苦茶。

「あの子は――まりかちゃんは、本当にカレンダー・ガールなんですよね」

カレンダー・ガール。カレンダーのモデルやってる女の子。雑誌のカバー・ガールなんかみたいなもの。

「いわゆる一般的な意味のカレンダー・ガールじゃなくて……暦少女」

「こよみしょうじょ？」

「そう。……まりかちゃんは、来年の近藤商会のカレンダー・ガールなんだけど……僕は、彼女をカレンダー・ガールに選んだっていう点だけは、近藤譲を評価しますよ。まりかちゃんは――まあ、本人にこれ言うと、すごく嫌がるんだけど――本物のカレンダー・ガールです」

仲之君、視線を上にむけて。

「カレンダーのモデルやってる女の子って、もろに二パターンに分かれると思いません？　スタイルだけが売り物の――スタイルは抜群だけどそれだけって女の子と、特にどこがいいって訳じゃないけど、不思議とその子のカレンダー欲しくなる女の子と。あの子は、圧倒的に、後者ですよ。本当に……もろに、女の子。暦少女です」

暦。麻子さん、心の中に、いろいろなカレンダー、思いうかべてみる。

「暦って、不思議なものだと思いませんか？　一枚めくると、それだけで、時間がうつろってゆくんです。日めくりなら、一枚ごとに、一日。一日――一日違うのがどれ程違うかっていうと……一月一日と一月二日にそれ程の差はないんだけれど……どこか、違うでしょ。目に見えない、判らないところで。一月二日になると、一月一日は過去なんですよ。……月めくりなら、もっと違う。一枚で季節まで表現しちゃうんですから。女の子って、そういうものなんです」

「……どういうもの」

「昨日と今日とで、どこか特にかわったところはない。でも――あきらかに、違う。昨日から今日へ、今日から明日へ、かわってゆくのが女の子なんです」

男。女にとって、男って、ついに一生かけても判らない生物。でも――男って、そんなに変わったりはしないのだ。いつでも男。

でも。女の子は。

日に日にかわってゆく。いも虫がさなぎになり、さなぎが蝶になる。それは、美しさ、とか、そういう問題ではなくて。

毎日のように何か発見して、何かに感動して、何か吸収して。一時も目を離せない。目を離すと、何しでかすか、どこへ行っちゃうか、何はじめるかが不安で。不安――ちょっと違う。それは、何ていったらいいのか……。

「何ていったらいいのか……とにかく僕は目を離す気になれないんですよ、まりかちゃんから。ちょっと目を離したすきに、どこかでこけるんじゃないか、どこかで泣いてるんじゃないか、どこかで苛《いじ》められるんじゃないかって気になって気になって……。本当に、カレンダー・ガール」

ふふっ。ちょっと、違うのね。麻子さん、かすかに笑って伸之君のカレンダー・ガール論を聞いていた。おそらく、まりかちゃん自身にも多少――いやかなり、そういう要素はあるのだろうが、そんなことより何より。何のことはない、伸之君、すっかりまりかちゃんにほれてしまっているのだ。二十歳くらいの男が中学生の女の子に恋をしたら——そりゃもう、目を離す気にはなれないでしょうよ。それに、中学生っていえば、女の子が一番かわってゆく時期なんだから。〝女の子〟から〝女〟になってゆく時期。

「笑いごとじゃないんですよ」

麻子さんの笑いをどう解釈したのか、伸之君。叫ぶ。それから、頭かかえてベッドにすわりこんじゃって。

「僕がどうやってまりかちゃんと知りあいになったと思います？」

☆

近藤一家が家を出て宙港にむかう間、伸之君はずっと彼らを尾《つ》けていたんだそう。彼は、とにかく近藤譲という人物に恨みを抱いていて、何とかして近藤譲を苦しめてやりたいと思っていた。彼の集めた情報によれば、まりかって女の子は、我がままで気まぐれでいい加減で、母親ゆずりの美しさと親のコネだけでモデルになった、とにかく鼻もちならない女の子の筈だった。おまけに、セレスでのヴィードール・コレクション・ショウのメインのモデルは彼女だし。

近藤譲を憎み、ヴィードール・コレクション・ショウをぶち壊したいと思っていた伸之君、そこでまりかをさらうことを考える。娘が誘拐されれば普通の親は苦しむだろうし、主役をつとめるモデルがいなくなれば、ショウはぐちゃぐちゃになる。うん、一石二鳥。

宙港までの道中、何度も機会をうかがった。でも……なかなかいいチャンスがなくて。まりかちゃんのそばには、つねに父親か母親がいて、何やらしゃべっている。

宙港の待合室で。ようやく仲之君、チャンスをつかんだ。まりかちゃんが一人で売店に雑誌を買いに行ったのだ。

仲之君、さりげなくまりかちゃんの背後にしのびより。

「これ下さい。あ……こっちのも」

まんが雑誌を二冊レジにのせ、袋にいれてもらい歩きだしたまりかちゃんの後をおう。売店の隅においてあった、ジュースの自動販売機のかげで。仲之君、そっとまりかちゃんの腕をつかんだ。

「……静かにしろ。さわぐと、顔に傷がつくぜ」

思いっきりドスをきかせた声で、こう言いながら、カッターナイフをちらっと見せる。

本心、仲之君、願っていたのだ。どうかまりかちゃんが騒ぎませんように。顔に傷がつくっていうの、まったくのおどしで——早い話、女の子の顔を傷つける、だなんてひどいこと、絶対する気、なかった。

「なに、あなた……。誰に頼まれたの」

まりかちゃん、きっと仲之君睨《にら》む。は……迫力。仲之君、断然位《くらい》まけ。

それから。まりかちゃん、思いもしない行動にでたのだ。

「莫迦なことしない方が身の為よ」

小声でこう言うと、結構高い靴のかかとで、思いっきり伸之君のむこうずね、けっとばしたのだ。

「……いっ……」

痛！　こう叫ぶのを必死でおさえ、よろける。よろけて、むこうから歩いてきたおばあさんにぶつかる。何とかバランスをとろうとして手をふりまわし……あ、カッターナイフ、とんだ！

「あ……危ないっ！」

落ちるカッターナイフ。あのままおちればまりかちゃんの顔！

なんて、本当は考えている暇、なかった。とにかくカッターナイフにむかって手を伸ばしていた。えーい、年端《としは》もゆかぬ女の子に、成人の男が怪我させてたまるか！

カッターナイフは、空中で、何とか伸之君の手によってとまった。かわりに——伸之君のてのひら、生命線にそってざくっと切っちゃったけど。

それから、慌てて転んでしまったおばあさんをたすけおこす。ちらばった荷物を拾ってあげて、荷物に血の汚点《しみ》つけちゃってそれを謝り。

謝りながら伸之君、ため息一つ。あーあ。この子が大声で人を呼んで、僕、警察行き。

二十歳《はたち》の誕生日、この間だったもんなあ。もう、少年Aじゃない。小林伸之だ……。

ところが、何故かまりかちゃん、人を呼んだりしなかったのだ。その間にハンカチさいて、で、おばあさんに謝りおえた伸之君の右手をつかんで、傷口にハンカチまいて。

「ね……あなた」

「ん？」

半ばふてくされ——えーい、もう、どうにでもしろ——伸之君。

「さわぐと何ですって？」

微笑んでる。

「誰の顔に傷がつくの？」

「……予定を変えたんだ。いいだろ、そんなこと」

伸之君、憮然《ぶぜん》。と、まりかちゃん舌だして。

「ごめんね、あたし、ちょっと勘違いしたみたい。あなた、商売仇《がたき》のまわしものって訳じゃないのね」

「しょ……商売仇のまわしものって……そんなのが、時々、こんなことするのか？」

中学生の女の子相手に？

「うん。たまにね」

「そ……そんなことが許されていいのかよ！」

「って、あなたもやったじゃない」

……そうだった。

「で、あなた――ああもう、あなたっていうの、面倒だな。何ておっしゃるの」

「こ……小森《こもり》」

小林伸之。あやうく本名を言いそうになり、慌てて言い直す。ま、警察行ったらどうせばれるんだろうけど、何も誘拐犯が本名をいうことはないんだ。

「で、その、小森さん、あたしをどうしようって思ってたの」

「……誘拐しようと思ってた」

「何で？」

「今度の……セレスでの、ヴィードール・コレクション・ショウを失敗させたかった」

何で誘拐犯がこんなことしゃべらなきゃいけないんだよ。そう思って――でも。そう思っても、ついついしゃべってしまう。

「ふーん……。今は無理よ」

「……へ？」

「今は、無理。今あたしがいなくなったら、パパとママが大騒ぎだもの。……あなた、セレス五号のチケット、持ってる？」

「……いや」

「じゃ、買ってらっしゃいよ。船の中で誘拐されたげる」

「……へ？」

「ばっつぐんのタイミングよお。あたし、セレスのショウに出たくないの。仮病《けびょう》使おうかなって思ってたんだけど……すぐばれるしね。誘拐はいいな」

「……は？」

「誘拐されたら、合法的にショウ休める」

そ……そういうの、合法的って言うんだろうか？

「船の中でまた会お。ねっ」

「あ……あの……警察……」

「ん？　警察に何か用？」

「い……いや……」

「じゃ。あ、あたし、六〇三号室。そのあたりの部屋とってね。じゃ」

「じゃってあの……」

「ん？　何？」

な……何なんだ、この女の子は、何なんだ、この事態は。ぼ……僕は一体。

そう思って、まりかちゃん呼びとめて。でも、何も……何も言えない。

「あ……あの、まりか……ちゃん」

「なあに?」

で、にこっ。た……たまんねえ。

「ぼ……僕、本当は、小林伸之っていうんだ」

思わず名乗ってしまった。

「のぶゆき?　ふふん、いいお名前ね。よろしく」

「よろしくってあの……」

「なあに?」

「い、いや……」

「何よお。友達なんだから、言いたいこと言ったら?」

「と……友達!?」

「うん。あ……伸之、あたしと友達になりたくない?」

「いや」

思わずここだけ強く言ってしまう。

「じゃ、友達」

友達って……普通、こういう状態でお友達関係って……。

「で?　何?」

「い……いや、その、つまり、あの……元気でね」

「あ、うん」

にこっ。本当に嬉しそうに、まりかちゃん、笑う。

「あたしいつでも元気よお」

☆

「あの子は……」

伸之君、顔をまっ赤にして言う。

「いくら何でも、ちょっと他人を信用しすぎますよ。あんなことじゃ、近い将来、絶対怪我をする」

絶対怪我……ね、麻子さん、心の中でくすっと笑って。だってその……伸之君の方も異常よ。少なくとも、通常一般の誘拐犯じゃない。

「とにかく、僕はあの子を守ってやりたいし、あの子に怪我をさせたくないし、あの子をのびのび育ててやりたいんだ」

「あ……うん。そうでしょうね」

そうよ。あの子に——あんな子に怪我をさせる人なんて、もし居たら許さない。でも……。

「でも……それなら、こんな狂言誘拐、中止しなきゃ」

狂言誘拐。すぐばれる。ばれたら、伸之君やまりかちゃんは、マスコミの矢面《やおもて》に立つ訳で。

「狂言誘拐じゃないです。これ、よく覚えといて下さい」

伸之君、いつになく厳しい表情で麻子さんに迫る。

「僕が一方的にまりかちゃんを誘拐したんです。あの、もし、この件がおわって、警察の人に聞かれたら、こう答えて下さい。まりかちゃんを、僕が無理矢理さらったって。あの子は、ただ泣いているだけだったって。お願いします」

放っとくと、土下座しそうな感じ。

「だって……そんなこと言ったら、全部あなたの罪に」

「全部僕の罪なんです。まりかちゃんは、ただ、さらわれただけ」

……伸之君。

麻子さん、その時、衝動をおさえるのに苦労した。

何ていうのかこう……伸之君……この子って……本当に、いい子ね。

そして。同時に、決心する。

この二人を、断固、警察につかまらせちゃ、いけない。何とか——助けてあげたい。

「ね。悪いことは言わないわ。おやめなさい。まりかちゃんを誘拐する、だなんて」

「やめません」

が、何故か。伸之君は、かなり強い口調でこう断言。

「やめません。断固、やめません」

「何で」

「僕は、近藤譲が——ヴィードール・コレクションが、許せないんです」

★

ヴィヴ。初めて見たわ。

伸之君、部屋の隅にあったちいさなバスケットから、全長二十センチくらいの小動物をだしてみせてくれた。へえ……これがヴィヴ。

全体的なイメージは、ネズミだった。濃い茶色のすべすべする毛皮におおわれたネズミ——あ、ビーバーかも知れない。前歯が、かなり出ている。かわいい、歯。くりっとした、まんまるの目。小さな手足。

ネズミと大幅に違うのは尾で、細くも長くもない。胴の先、足のうしろがちょこっとでっぱって、尻尾といえば尻尾に見えるかなって感じの、太くみじかい尾を形成している。

「……くうっ」

ヴィヴは、急にあたりが明るくなったのに驚いたのか、可愛らしい鳴き声をあげた。

「よく慣れてて——かみついたりしませんから、よかったら持ってみます?」

言われて麻子さん、おそるおそる右手をさしだす。うわあ……なあんて、あったかいんでしょ。すべすべで、とっても手ざわりがよくて、まるでちっちゃなぬいぐるみ。

「ごめんなさい、そろそろ返して下さい。この子、バスケットの中にしまわないと」

「あら……放し飼いにしてあげたら？　こんなせまいとこにいれるの、可哀想よ」

「駄目なんです。ちょっとこのバスケットの中に手をいれてみて下さい」

麻子さん、何気なくバスケットの中に手をいれて。つめたいっ！　何、これ！　冷蔵庫よりつめたい――冷凍庫みたい。

「マイナス五度なんです。これよりあったかいとこにずっとだしておくと、この子、すぐぐたっとしちゃって」

マ……マイナス五度！

「この子、三代目だからそれでも結構あつさに強いんです。ヴィヴの故郷の星は、マイナス五十度ですから。ああ、地球の動物とは、代謝系や体の基本構造が全然違うんですよ。外見はまるっきり地球の小動物ですけれどね」

伸之君、こう言うと、苦笑した。それから、麻子さんの手からヴィヴをとり、またバスケットにしまい。

「ね、可愛い動物でしょう。こんな可愛い奴を、殺して皮をはいで服を作る神経って、理解できますか？」

☆

そのあと。伸之君は本当に一所懸命ヴィヴのそのみじめな境遇についてしゃべった。

まず、昔。ヴィヴは、愛玩《あいがん》用動物として、一部太陽系外惑星でもてはやされた。伸之君はその頃小学生で、やはりそのペットブームにおどらされて、両親にブルー・ヴィヴを買ってもらったのだそう。つがいで。

ブルー・ヴィヴ。ヴィヴの体毛は、ある程度そろうと、殆《ほとん》どのびなくなる。また、毛自体もとっても染めやすいらしく、ヴィヴは、七色に塗られて売りにだされていた。ブルー・ヴィヴ。ピンク・ヴィヴ。イエロー・ヴィヴ。オレンジ・ヴィヴ。グリーン・ヴィヴ。バイオレット・ヴィヴ、そして、ホワイト・ヴィヴ。

なるべくすずしいところで飼って下さい。ヴィヴは暑さに弱い生物です。

パンフレットには、そう書いてあった――嘘八百！　ヴィヴは暑さに弱いどころではなく――暑ければ死んでしまう動物だったのだ。

かなり、適応力は、あった。ヴィヴにしてみれば、地獄のように暑い筈の火星でも、数ヵ月は生きていられる程の適応力。その適応力がわざわいして、ヴィヴ・ブームは数年続いた。

伸之君は、ペットの飼い主としては無類に良心的な方で、ヴィヴの故郷はマイナス五十度、という話を聞いて以来、でき得る限りそれに近い温度でヴィヴを飼おうとした。（さいわい、彼の家は肉屋だったので、かなり大きな冷凍庫があった。）

で。おそらく火星ではただ一人、ヴィヴに子供を産ませることに成功したのだ。（普通の家庭で飼われているヴィヴは、まず、子供を産む前に死ぬ。）

生まれた子供を見て、伸之君、あぜんとした。両親とも、淡い水色のきれいなヴィヴなのに、五匹生まれた子供はすべて、濃い茶色をしていたから。

当時中学生になっていた伸之君、茶色のヴィヴを見て、ひどい精神的苦痛を味わう。

そうか。ヴィヴって、もともとは茶色だったのか。今までヴィヴの体色だと思っていたのは、あれは染めた色だったのか。まぶたもちゃんと染まっている。あごの下も、手足のつけ根も、みんな淡い水色。

何てひどいことをしたんだろう。まぶたも足のつけ根もちゃんと染める——まさか一匹一匹、手で染めた訳ではあるまいから、機械で。機械でこれ程むらなく染める為には、おそろしい程大量の染料をふきつけたに違いない。その時、目をあけていたヴィヴもいただろう。目の中に染料がはいったら——どんなにか苦しかったろうに。

そして。苦しみの瞬間のあと、目をあけたヴィヴは、ぞっとしたに違いない。仲間が、見たこともないような妙な色になっている。ふと気がつくと、自分の体も。

くうん、くうん、と、不信の意味をこめてすこしないて。で、目を閉じて——また目をひらいても、事態は全然かわっていないのだ。見たこともないような色をしている自分の仲間、見たこともないような色をしている自分の体。

この、ヴィヴ・カラー・ショックで相当精神的な打撃をうけた伸之君、やがて、もっとひどい打撃をうける。

親ヴィヴが、病気になったのだ。

病気――それが、本当の病気であったのかどうかは判らない。ただ、体毛がどんどん抜けてゆき、体に赤いはんてんができ、エサを全然食べなくなり、ぐったりとし。

ヴィヴをかかえて、慌てて動物病院に走った。でも、医者は、地球の獣《けもの》でなければ判らない、とヴィヴを診てくれもしなかったし、逆に、それから未知の病原体が他の動物に感染したら大変だ、何でそんなもの持ってきたんだ、と怒られる始末。ヴィヴを売っていたペット・ショップでは、「え、ヴィヴ？　今時まだそんなもの飼ってるんですか？　ヴィヴの病気……そんなものは、獣医さんのところへ行って下さいよ」

どういうことなのだろう。本気で……怒った。情けなくなった。

ヴィヴは、人間が――人間が、ペット用にと、他の星からとってきた獣。そして人間が火星だの月だので飼いだした獣。人間がとってきたくせに、人間がすぐそれを流行遅れとし――人間がとってきたくせに、人間がその病気を診てくれない。こんなことがあっていいのだろうか。

親ヴィヴは、伸之君が見守る中で――何もしてあげられず、死んだ。

この時。彼は決心する。

いつか、獣医になろう。人間の勝手で——人類という名の動物のエゴイズムで死んでゆく、多数の生物を救う、獣医になろう。地球産の動物でなくても診てくれる、地球産の動物と他の動物とを差別しない、本当の獣医になろう。

が。獣医になる、という夢には、数々の邪魔がはいった。

動物の解剖。やらなきゃいけない——それは、判っている。が、今、元気に動いている動物を——単に、それが将来、何十、何百という動物の為になるから、というだけで、殺していいものなのだろうか。

実験の数々——できやしない。実験される動物、それ自体が、まだ元気で、生きて、動いているのに。

そしてまた、制度。理数系——何で理科系と数学がくっつくのだろう。数学。あんなもの、間違ってもできない。あんなもの——まぁ、数学系志望者にとっては、〃あんなもの〃ではないだろうが——と、獣医と、何の関係がある?

伸之君は、獣医系の大学を二度うけて二度おちていた。獣医——そんなもの、どれくらい動物に愛情を持っているかで選べばいいのに。愛情、それなら、他の誰にもまけない自信がある。なのに。

伸之君は、多少、自暴自棄になっていた。そして彼は、何とかヴィードール・コレクションの主、近藤譲を苦しめようと思いつめ――そして、まりかちゃんに、出会う。

☆

「か……過激、ねえ……」

麻子さん、思わず呟く。

「それで……狂言誘拐まで話がとんじゃうの……」

「過激じゃないですよ、全然」

伸之君はそう言うと目を細めた。

「あんな可愛い動物を」

過激というより勝手だな。ちょっとそう思う。近藤商会は、ヴィヴを売りにだしたペット産業の会社じゃないし、ペット屋じゃないし、獣医でもなく、大学の試験官でも入試制度を作った人でもない。本来ならば、そういうところへ分散するべき恨み、怒りが、全部近藤商会に集中してしまっているような気がする。

ただ。麻子さんがどうしてもそう言えなかったのは――目の力。

だから確信犯って、やっかいなのよ。もの凄い程の意志を感じる。何が何でも近藤譲を……って感じの。この、気のいい、伸之君って男の子から発散しているとは信じがたい程の意志力。

と。はりつめていた空気を、実にタイミングよくぶっ壊す声。

「ね、伸之、麻子お姉さん」

急にドアが開く——まりかちゃん。

「あのね、バーの脇の自動販売機、おかしいよ」

そう。この子、もう一回両親のところへ顔をだし（夜中にさらわれる、という設定なのだ）、ついでにジュース買ってくることになっていた筈。

「おつりが出ないの。あれ、変よ」

「おつりが出ないって抗議してみたのか？」

って、伸之君。

「まさか。現時点で、あたしが三人分のジュース買うとこ、見られたらまずいでしょ」

PART Ⅳ

麻子さんの事情Ⅱ
——ゆきあたりばったりスペース・ジャック

「……と。これでいいわ」

カチャ。麻子さんの部屋の鍵があく。

「うわあ……凄いんですね、お姉さん」

まりかちゃん、尊敬のまなざしで麻子さんみつめる。

「本当にヘアピン一本で、鍵あけちゃった……」

「ね？　特技なの」

……それにしても、新婚一日目の新妻が、夫婦の部屋の扉の鍵をヘアピンでこじあけるなんて……かなり異常なシチュエイション。

「でね、まず、下着でしょ、あ、このピンクのブラウスも持ってゆきたいな……。あら嫌だ、あの人ったら、また背広だしっ放しにして。……ちょっと待っててね、これ、ブラシかけるから」

「いいですねえ、旦那様の背広にブラシかけるだなんて」

「あら、いいって何が？」

「あたし、そういうのって、あこがれちゃうんですよね。……母は、父の背広にブラシかけたことなんかないから」

まりかちゃん、こう言うと、軽くため息ついて。

「母親である前に、完璧なモデルの人だから。しょっちゅういそがしくて、家事やる時間がそもそもないし——暇があっても、手が荒れたり、怪我するかも知れないことは絶対やらないんです。遠足のお弁当だって……作ってくれたこと、ないし」

ちょっと、遠くをみつめる目。

「やっぱり……旦那様や子供の為にいろいろやるって、楽しいんでしょ？」

「まあ……人によるわね」

麻子さん、何とも答えようがなく、ため息ついた。それから、所長の手帳にこっそり口紅で。

〝ごめんなさい。

心配しないで〟

「もの凄く不本意で——本当に、何とも申し訳ないのですがその……」

ことの次第をすべて話しおえた時、伸之君は机からカッターナイフをとりだして言った。

「その、ここまで知られた以上、ことがおわるまで、あなたを自由にしておく訳には……」

合気道三段、おまけにこんな仕事してるから、けんかは得意。麻子さん、その気になれば、伸之君のカッター、すぐに奪いとることはできた。でも、とっても思いつめた表情をしている二人を見ると……何か、そんなことしちゃ可哀想な気がして。

で、まあ、しかたないから素直にホールドアップ。

ただ。一応、麻子さん、女の子でしょ。着換え——特に、下着の替えだけは持ってきたい。そう二人にたのんで。で、麻子さん、自分の部屋にしのびこむことになった訳。

そこで。

★

〝ごめんなさい。

心配しないで〟

手帳にこう走り書き……もっと詳しく書きたかったけど、こんな話、どう書いていいんだか。良行さん、ごめんね。記念すべき新婚初夜なのに、こんなことになっちゃって。でも……あなたなら、あたくしのこと、信じてくれるわよね。

手に荷物を持つ。名ごりおしそうな視線を部屋の中にむけ——ため息一つ。で。この時、麻子さん、本当に〝ついうっかり〟忘れてしまったのだ。例の脅迫状いれたショルダーバッグ。

★

「……駄目よ。全然緊張感がないわ。あなたのお嬢さんはあずからせて頂きました。つきましては、なんて文章」

「……駄目、ですか」

そのあと。まりかちゃんはもう一回両親のところへもどり、伸之君と麻子さんは何とかさまになる脅迫状を作成しようとがんばっていた。

「うんと丁寧なのも、逆に悪意がほのみえたりして迫力があると思ったんだけど……」

「……悪意のある犯人が、〝お嬢さんをぜひ無事にお手許にお返ししたいので、つきましては以下の件、考慮いただければさいわいです〟なんて書く？」

「……書きませんか？」

「書きません」

ため息一つ。伸之君の気のよさが、全部文面にでてしまう。

結局。いろいろ考えた末、麻子さん、全面的にこの誘拐に協力する気になった。協力――本当は、ちょっと違うんだけどね。麻子さんが口で何といおうと、伸之君とまりかちゃんは、狂言誘拐、実行してしまうだろう。それは、彼らの目を見る限り、確か。で、そんなもの、このど素人二人が実行しちゃったら。まず間違いない、すぐつかまって……。

ぎりぎりまで、くっついてみましょ。どうしてもやめさせることが不可能なら。せめて、この二人がつかまらないように。

「です・ます調より、だ・である調で書いた方がいいと思うわ。そう……そんな感じで。あ、また字、間違ってる」

伸之君の書く脅迫状を直してやり。麻子さん、段々苛々《いらいら》してくる。結局この人、脅迫状書く才能、ないのよ。人がよすぎる。

「貸して」

「え？」

「あたくしが書いてあげる。……大丈夫よ、これでも筆跡、三パターンくらいにはごまかせるんだから。で？　具体的には、どんな内容になればいい訳？」

「えーと……まりかちゃんを誘拐したっていう事実と、これは営利目的の誘拐じゃなくて、ヴィヴの乱獲を怒るものの仕業《しわざ》であるってことをまず書いて……」

「で、要求は？」

「ヴィードール・コレクションの廃止」

「……は」

だから素人は嫌なのよ。麻子さん、ため息一つ。

「あのね、伸之君。ここは船の中な訳。あしたの昼すぎには、船はセレスについちゃう訳。こういう環境下で、どうしてあなたに、ヴィードール・コレクションが廃止されたって判るの。大体、社長が、〝廃止する〟って宣言したところで、まりかちゃんがもどってくれば、〝実はあれは脅されてしかたなく言ったことなのだ。私にヴィードール・コレクションを廃止する意志はない〟って言うかも知れない——まず、普通の人ならそう言うわねね。そうしたら、それでおしまいでしょ」

「あ……そうですね、そういえば」

「大体、社長が船の中で、〝今日をもって我が社は倒産する〟って言って、で、本当に倒産しちゃう会社なんて、ないわよ」

「……確かに」

……この程度の現実認識力で、よく誘拐なんてする気になったわ。

「あのね、とりあえず、セレスで予定されている、ヴィードール・コレクション・ショウの中止のアナウンスを、船内にながせって書いて」

ばたん。いつの間にか、ドアがあいて、まりかちゃん。

「まりかちゃん、君、もう！」

「もうって、それこそもう夜更けよ。健全な中学生のあたしは、もうママにねかしつけられちゃった訳。ねかしつけられて、三十分してからでてきたの——これが、誘拐の予定時刻じゃない？」

「あ……ああ」

脅迫状書くのに、一時間半以上かかったのかあ。

「でも、まりかちゃん。こんな船内でアナウンスしたって……」

「あら、この船内でアナウンスすれば、効果は絶大なんだから。……あ、麻子お姉さん、知らなかったんだ。これ、ヴィードール・コレクション・ショウ・ツアーなんです」

「え？」

「ヴィードール・コレクションのお得意様のうち、抽選で二百名様を、セレスでおこなわれるヴィードール・コレクションの今年の冬のプレタ・ポルテを中心としたショウに御招待する。おまけに、小惑星帯の三泊四日の小旅行をくっつける……気づきませんでした？　この船の乗客三百人中二百人は、ヴィードール・コレクション・ショウ見たさにセレスへ行く人なんですよ」

「………」

「おまけに、セレスの会場は、三百人程度しか収容できないところで……この船の乗客は今度のヴィードール・コレクション・ショウの見物人の三分の二なんです。そういうところで、セレスにおけるショウの中止をアナウンスして……で、その理由を言わなかったら、近藤商会の信用って、がたおちになると思いません？　もう一つ、その脅迫状におまけをつけるんです。これは単なるおどしにすぎない、第二次からの実力行使は——もっとひどいものになるだろうって」

わおっ。この娘の方が、ずっと大人。この娘の方がはるかに正確に情勢を読んでいるし——彼女の読みどおり、そんなアナウンスが唐突におこなわれ、事情説明が一切なかったら。そりゃ、ショウをみたさにこの船にのった乗客は怒るだろう。ヴィードール・コレクションの信用も地におちるに違いない。——とはいっても、あとで、まりかちゃんが帰ってきたら、それは格好のＣＭになるし……娘かわいさにそんなアナウンスを流したって知れたら、近藤商会に同情は集まっても、非難はおこるまい。

とすると。これ、伸之君の求めている本筋——近藤商会をたたきつぶし、ヴィヴの乱獲をやめさせること——には何のプラスにもならないだろうけれど、でも。

楽しみにしていた、ヴィードール・コレクション・ショウが見られない——それも、何ら事情説明なく見られなくなったせいでおこる、乗客の混乱。ひたすら、娘の無事をいのるばかりで、誘拐犯を刺激しないようにしようとする父親。この機に乗じれば。

たとえ――たとえ、伸之君は不本意だとしても。何とか、ごまかせるかも知れない。伸之君がまりかちゃんをさらった、という事実を。何とか、彼が前科者にならぬよう、工作できるかも知れない。そうよ、あたくし、プロだもの。この仕事の。自己暗示、かけるように、心の中で呟く。

たとえ――あとでどれ程、伸之君に恨まれることになったとしても。

「OK、まりかちゃん」

麻子さんこう言うと、軽くため息ついて、ウインクした。

「その線でゆきましょう」

「ん」

まりかちゃん、笑って。

でも、麻子さんと、まりかちゃん、伸之君が期待したことは――まったく、まるで、完全に、裏切られるのである。

☆

近藤まりか嬢は、我々があずかった。彼女の一挙手一投足、すべては我々の監視下にあるものと思っていただきたい。

我々は、要求する。ヴィヴの乱獲を、ただちにやめることを。あのような、かよわい、おのが身を守ることを知らぬ動物を、人間が人間の利益の為のみで殺すことを、我々は、許しがたく思う。

注意を喚起《かんき》したい。我々は、決して営利を目的として、この誘拐を企てた訳ではない。我々はあくまで我々の思想理念を根底においている。我々の思想——すなわち、弱い動物を、人間が殺すべきではないという。故に、いかなる、金銭的な解決も、我々にはあり得ない。このことを、心の中に銘記して頂きたい。

ついては、まず、今回の具体的な要求である。

セレスにおける、ヴィードール・コレクション・ショウを、即刻中止するよう手配せよ。また、この船内で、朝六時から六時半の間に、最低五回、ヴィードール・コレクション・ショウの中止をアナウンスせよ。なお、何故、今日のショウが中止になったかの釈明をすることは、いっさい禁じる。

繰り返し、書く。今回の、ヴィードール・コレクション・ショウを、即刻中止せよ。また、その旨を六時から六時半の間にこの船内でアナウンスせよ。

ヴィードール・コレクションが中止になったのち、まりか嬢は、無事、貴殿の許《もと》へ帰るであろう。

そして、もし。

もしも、そのアナウンスが制限時間内になかった場合。貴殿が、生きたまりか嬢と対面することは、二度とないであろう。

また。これは、あくまで警告である。警告――それも、第一段階の。

このちも、貴殿があくまで、ヴィヴの乱獲を続けるというのなら、我々は実力行使にでるであろう。そして、我々の実力行使をさまたげ得る者は、この世界に、存在しない。

なお、以上のことについて、警察等の助力をあてにすることは、まったく無駄であり、また、まりか嬢の死期をいたずらに早めるのみであるという旨、警告しておく。

★

脅迫状。完全――とまではいかなくても、すくなくとも、伸之君のよりましな筈。

お嬢さんは、誘拐した。

つきましては、我々の要求に従って欲しい。

ヴィヴの乱獲をやめ、近藤商会をつぶして欲しい。

我々は、ぜひ、ぜひ、ぜひ、お嬢さんを無事にあなたのもとへ帰したい。

つきましては、我々の要求について、考慮して頂ければ、たいへんうれしく思います。

なんていうのより、ずいぶんましなものである筈――ましなものと、思いたい。

でも。

けれど。

結局。

じりじりしながら、待った。麻子さん達、三人は。六時半まで。いつ、例のアナウンスがはいるか、いつ、乗客が混乱しだすかと。

でも。けれど。結局。

結局、六時半をすぎても、一度もそんなアナウンスははいらなかったのだ。

言いかえよう。

一度もそんなアナウンスははいらない——まりかの両親は、まりかのことなんて、これっぽっちも気にしていない——か、あるいは、これっぽっちも気にしていない素ぶりをつらぬき通したのだ——。

★

「あのね」

「いや、つまりさ」

「そんなこと、ないと思うのよ」

「ひょっとして、脅迫状、まだ読んでないとかさ」

……そのあとが、大変だった。麻子さん、伸之君、必死になってまりかちゃんをなぐさめ。

そんな莫迦な。そんな莫迦な。そんな莫迦な。

娘が。娘が誘拐されて……で、この親の反応、あり？　全然、何の音沙汰もなし。こんなのって……ひどいよ。

六時すぎてから。まりかちゃんの、とっても強い瞳、だんだん弱くなってきた。

弱い瞳――そう。弱くなってから、やっと判った。まりかちゃんの瞳は、すごく強いんだ。

目は、心の窓。それってつまり、こういうことなのね。

麻子さんは納得し――そして、あわれんだ。

心の窓。嫌って程、よくうつしている。まりかちゃんの心――精神状態を。

先刻までは、本当に生きていた、きらめいていた、まりかちゃんの瞳。生きている――それはつまり、生体として、とっても活気があったってこと。それが……今は、どう？

段々、どろんとしてくる。段々……活気がうすれてゆく。本当の活気の欠落《けつらく》――生物学的な意味での死――以外で、これ程活気がうすれてゆくということは……。

そして。まりかちゃんは、一時、死んだのだ。

あ、言いかえよう。

まりかちゃんの瞳は、一時、すべてのことを無視し――まったく光がなくなってしまったのだ。六時半ジャストに。まりかちゃんの両親が、まりかちゃんの為にヴィードール・コレクション・ショウを中止する意図《いと》がないと判ったその瞬間に。

　そして。

　——そして。まりかちゃんは。

　やがて、六時四十五分をすぎる頃。

「……判ってたもの」

　こう、台詞をしぼりだしていた。

「……判っていたのよね。どうせ、あの人にとっては、会社が第一で……あたしなんか……あたしなんか、どうでもいいってことは」

「ま……まりかちゃん」

　思わず、麻子さん、叫ぶ。でも……まりかちゃんを両親が見捨てた、すくなくとも、まりかちゃんを人質にした誘拐は成功しなかったっていう事実の前では……いくら麻子さんとはいえ、何も言うべき言葉がない。

「いいの、麻子お姉さん。まだ脅迫状読んでない、なんてあり得ないの知ってるくせに。二時に、脅迫状パパの部屋のドアの前において、電話したじゃない。お部屋、まっ暗にして、声だけで。廊下を見てみろって。……もう、何も言わないで。あたし、知ってたのよね。……両親の秘密」

「…………」

「あのね、あたしのパパ……近藤譲って人は、あたしのことなんか、好きでも何でもないんだから。あたし、娘なんかじゃないんだから。あたしは、ママと浮気相手との間にできた子なんだから……」

☆

長い――長い間。あたし、本当に悩んでいたわ。

まりかは。一回本気でしゃべりだすと――とまらなかった。長い、長い間、胸の奥に秘めていたことを一切、全部しゃべろうとしているかのように。とめどなく、あふれる、言葉。

あたしに、一体何の意味があるのかって。

まりか――こんどう・まりか。

近藤姓は、つけたしみたいね。高橋《たかはし》まりか――そう言った方が、似あうみたい。（高橋、というのは、ゆりかさん――まりかの母親――の旧姓である。）

それ程。そんなことを言われる程、似ていたのだ。まりかは、ゆりかに。

娘が母親に似る。それは、よくある話。でも――娘が、母親だけに似る。そんなことがあっていいのだろうか。

ゆりかそっくりのまりか。譲にはどこ一つ似ていないまりか。

あのまりかって娘——そう、あの子——ゆりか嬢もすげえよなあ——ああ、あそこまではっきり近藤の娘じゃないって判ってる子をよく連れて歩けるよなあ——どう見ても近藤の血はまじっていないもんな——じゃ、父親は。

まだ、小さい頃。ものごころ、つかぬ頃。まわりの大人の台詞の意味が判らなかった頃。あんな頃に戻れたらいい——もう一度戻りたい。

まりかは、何度もそう思った。

父親に、まるで似ていない、あたし。

そして父親の近藤氏は。まりかが生まれるや否や、大車輪ではたらきだした。あたかも、妻と、全然自分に似ていない子のことを忘れようとしているかのように。

そして、母親は。無闇やたらと、うるさかった。

まりか、そんな格好してはいけません。まりか、それは良家の子女らしくないふるまいよ。

良家の子女……あはん。

ゆりか——本名、高橋由香利、まりかの母——は、地球のスラムの出だった。良家の子女——どこをどうおしても、昔のゆりかにそぐわない単語。良。潤。哲。ゆりかととりざたされた、浮気の相手。どこをどうおしても、良家の子弟ではない男。

良家の子女ではない女と、良家の子弟ではない男がちぎって、名目上は良家の子供が生まれてしまった。だからママは必死なんだわ。あたしが——良家の子女、近藤譲の娘にふさわしいような女の子になるように。間違っても、浮気の相手の血をひくような娘にならないように。

　無理よ。それは無理ってものよ。

　また。

「近藤まりか？　あはん、近藤ゆりかのコピー？　いいモデルになるんじゃない、あれだけ露骨に母親の血をひいていれば」

「近藤ゆりかってのはさ、すげえモデルだよな。一回ああいうモデル、使ってみたい。……あん？　まりか？　ああ、ゆりかの娘、ね？　悪くないと思うよ。あそこまでゆりかにそっくりだもの、あれはいいモデルになるよ」

「何だって、あんな小娘がメインでショウやる訳？　……判ってるわよ、近藤ゆりかの娘だってことは。近藤ゆりかっていったら、ファッション界の女王だもんね。あーあ、あたしもファッション界の女王の子供にうまれたかった」

「え？　何で近藤譲氏は、まりかを自分の子供として認めてるかって？　だってそりゃ……あれは、宣伝効果、あるよ。母親にうり二つだろ。二世モデルったって、あそこまで父親に似てないのも珍しいじゃん。ゆりかの子供ってだけで、充分ＰＲ効果あるしさ。ましてや父親がさ……。あの人、商売人だもんな。金の前じゃ、親子の情がどうのこうのって、関係ないんじゃない？」

近藤ゆりかの娘。近藤ゆりかのコピー。スキャンダル、女性週刊誌むけの存在である自分。その自分の立場を、否も応もなく知らせた人々に深い憎しみを抱き——そしてまた、まりかは。

自分自身の価値にも、疑問を抱くのだ。

☆

「あたし……近藤まりか、でしょ。近藤ゆりか——ママとは、全然違う人間の筈なんですよね。なのに何で……なのに……」

唇を、かむ。一瞬、燃える、瞳。

「ママは……凄い人なの。ファッション界の女王——クイーンよ。あれだけ見事に服を着こなすモデル、あれだけ見事に存在感のあるモデルって、他にいないもの。娘のひいきめ——うぅん、逆、娘としてあの人を憎んでいるあたしの目から見ても、超一流のモデル。完全なモデルよ。成程、娘のお弁当も作れない程の、完璧なモデル。あの人は——近藤ゆりかは、服を着るんだもの。四十近くになっても、設定が〝初めて毛皮を着た女のほこらしさと嬉しさ〟だったら実にういういしく着るし、〝妖《あや》しい美しさ〟だったらとっても色っぽく着るわ。〝毛皮を着た天使〟だったら、色っぽさとはかけはなれた、性なんて超越した天使の如くきよらかに着るし……他の人みたいに、着られるのでもなければ、あるパターンの着こなししかできないんでもない、オールラウンドにちゃんと着るのよ。おまけに、近藤ゆりかが服を着るんじゃない、服を着た近藤ゆりかがそこにいるって具合に服を着る……近藤ゆりかの個性が服を喰ってしまうことなく、服をちゃんと見せるのよ。あんな——あんな、不世出のモデル……他にいない」

横をむいて、ため息ついて。

「だって……ううん、だっても何もなしで。あたしって……つまり〝ゆりかのコピー〟以外の意味って、ないんです」

「ゆりかのコピー?」

「そう。ゆりか——ママのコピー。ママは、不世出の、本当に素晴らしいモデルで……で、あたし、その、コピー。コピーとオリジナル……そのくらいの意味しかないんですよ、あたし……。オリジナルが無事なんだから……コピーの方に何かあったって、誰も気になんかしないんだわ。むしろ、あたしが殺された方が、いいCMになるなんて思ってるかも知れない」

「そんなことないよ」

必死で、伸之君。

「まりかちゃんは立派なモデルだよ。充分すごいモデルだよ。僕が保証する。一流のモデルで、存在自体がカレンダー・ガールだ」

「いいの、お世辞言ってくれなくても。あたし、自分で判ってるもの。現にあたし、娘としての価値もない上に、モデルとしての価値もないって判断、下された訳でしょ。近藤譲って人に」

　視線を軽く上にあげ、唇をかむ。

「せめて——娘として愛されていなくても、モデルとして大切にされているって思いたかったんだけど……無理だったみたい」

「でも……現にあなた、今度のショウでメインのモデルになるんでしょ？　それに、来年の近藤商会のカレンダー・ガールなんでしょ？　まわりの人が、あなたの能力を評価しているからこそ」

　麻子さん、一所懸命、口をはさむ。と、何故かまりかちゃん、よりさみしげな目つきになって。

「だから誘拐されたいと思ったんです」

「え？」

「だから——あたしが、カレンダー・ガールになったのは絶対間違いだから、誘拐されたかったんです」

★

「母は服を着るって話、しましたよね」

まりかちゃん、こう言って、またため息。

「でも、あたし、駄目なんです。服に着られてしまうんです。どこか、借り着みたいな感じになっちゃうし、服を美しく見せることなんかとてもできない――むしろ、自分をかわいく見せることを、服に手伝ってもらっちゃってる。本当なら、とてもモデルをできる才能、ないんです。大体、あたしがモデルやっているのって――つまるところ、DNAの問題なんだもの。DNA――そうよ。あたしがモデルをやっているのは、ひとえにDNAのおかげ。母に似たおかげ。それだけなんです」

DNA――遺伝子。自分の今の地位は、遺伝子のおかげであたえられたもの。意味があるのは、オリジナルである母で、コピーであるあたしには、何の意味もない。

こう本人が思いこんでしまえば。この鎖《くさり》は、重い。お母さんそっくりね。何気ない一言が、まりか自身の工夫、まりか自身の努力をすべて否定する――DNAの問題にすりかえてしまうのだから。自分自身の意味を見失ってしまう――おそろしい程、深い絶望。

判った。

麻子さん、ため息をつく。この娘の――この突拍子もない子の、思考回路。

必死なんだ。精神のバランスをとるのに。

自分に価値がみいだせない。親に愛されていない。仕事ができる自信がない。でも、無意識のうちに、父親につながれるのは仕事しかない、と思い、必死に仕事をしようとし、そこに、どう考えても分不相応な仕事がきてしまい……どうしようもなくて、狂言誘拐、たくらんだ。そして——かけていたんだ。自分の価値を。

精神状態が極限までおいつめられた彼女、確かめたかったんだ。父親の愛情。ひどく甘い考えではあるけれど、娘の身を案じ、半狂乱になる父親を見て——で、はじめて、自分は、ゆりかのコピーじゃなく、まりか自身として、父親に愛されているって確信したかったんだ。

それが……裏切られた。

似てる。真樹子《まきこ》さんが事務所にいた時のあたくしと。無理な事件に手をだして、大怪我した時のあたくしと。このままじゃ彼女、きっと……。

紅、一筋。まりかちゃんの唇を流れた。あ、彼女——唇、かみきってしまったんだ。と。

ちいさなかわいらしい舌が、ぺろっと唇をなめた。少し猫を連想させるしぐさ。そして、傷口にしみたのか、血が苦かったのか、軽く眉根を寄せ——。

「やあだ、お姉さん」

次の瞬間。唐突にまりかちゃんは、たちなおった。たちなおる——生き返る。瞳にまた力がでてくる。

「何もお姉さんがそんな顔すること、ないじゃないですか。困っちゃう」

妖しく輝く、猫のような瞳。それから。

「ふふっ。いいんだ」

急にまりかちゃん、舌ったらずのかわいらしい口調になり。

「莫迦ついでにもう一つ莫迦やっちゃお。あ、伸之、あなた、もうおりてもいいわよ」

「おりていいって、まりかちゃん、一体……」

「あたし、決めたの。あたし、誘拐されただけでなく……ハイジャック、しちゃう」

「はいじゃっく！」

麻子さん、思わず叫ぶ。

「そう。少なくとも、航空局の人は、パパよりあたしのこと心配してくれるわ。だからあたし、今度は航空局の人、おどかすの。この船の目的地をかえるように」

「どこ……行く気？」

「それはどうでもいいの。とにかく、セレスに行かないように。もう、いいんだ、あたし、何がどうだって。とにかく、ヴィードール・コレクション・ショウのモデル、したくないもの。それに……何もかも、ショウの計画も、パパの仕事も、めちゃくちゃにしてやりたい。あたしが人質になって、ハイジャック――ううん、このいい方、不正確よね、ここ、Highじゃなくて Spaceだもの――スペース・ジャック、しちゃう」

うつろに笑って。

「おどしちゃうんだから。航空局の人を。言うことをきかないと、人質の少女を殺すって言って。おどしちゃうんだから」

涙をこらえた声。えーい、この。

えーい、この。我慢、できないわよ。

一瞬。ほんの一瞬、まりかちゃんの顔からすべてがはげ、十四歳の女の子がのぞいた。十四歳。

あたくしが、十四歳の頃。両親は、しっかりあたくしを愛していてくれて……そう。たまの夫婦げんかだって、絶対、あたくしの前じゃやらなかったもの。二人の意見が衝突すると、二人共、あたくしの前では笑ってごまかし――あとで、寝室で口論してるの、聞こえた。〝今日、学校で何があった?〟実にしつこく、うんざりする程毎日、二人共、こう聞いた。母親に話しても父親は聞きたがったし、父親に話しても母親が聞きたがった。思春期の女の子だったから、初恋の話なんか――母にはしても、父にはしなかった。すると、父は、「お母さんには何か話してただろ? 何でお父さんに話してくれないんだ」なんて、拗《す》ねて。

そう。大の男が拗ねる程――両親共、あたくしを愛していてくれた。良行さんとつきあいだしてからは、いちいち聞かれるのが重荷になる程に。重荷になる程――うっとうしい程、両親共あたくしを愛してくれた。

それが。重荷になる程、うっとうしい程、愛してもらうのが、十四歳の女の子の権利ではないか。十四歳の女の子は、うっとうしい程両親に愛されるべきなのだ。十四歳の女の子が誘拐されたら、両親は、決して平然としてみせるべきではなく――半狂乱になるべきなのだ。

我慢、できないわよ。

だって、このままじゃ。このままじゃ、まりかちゃんは――一体どうすればいいの。よくないよ、こんな……。

「まりか……ちゃん」

思わず、麻子さん、叫んでしまう。

「よくないわよっ！」

「よくないって……スペース・ジャックが？」

「ううん。信じないで。表面のことなんか。きっとあなたのお父さん、半狂乱だから。きっと。お父さんが、あなたより企業のことを考えるのって、何かの間違いか勘違いが間にあるんだから。絶対」

「うふ。麻子お姉さん」

まりかちゃん、笑う。何て――何て、さみしげな、笑み。微笑が凍りついたよう。

「優しいのね」

「違うのっ！」

何ていったらいいのだろうか。何か――何か間に誤解があるのだ。あたくしと――良行さんの時のように。

「優しいんじゃなくて――それが正しいのよ。お願いだから」

お願いだから。何といえばいいのだろうか。お願いだから、お父さんを信じてあげて。そんなの……無理にきまってる。

「いくら麻子お姉さんにお願いされても、あたし、絶対やめない。誰が何ていったって……絶対、めちゃめちゃにしちゃうんだから。何もかも」

「……判ったわ」

確かに、何かめちゃくちゃなことをやらせないと、この子、狂ってしまいそう。とりおさえられることは目に見えているけれど……仕方ない、やってみましょうか。

☆

一応、変装のようなことは、した。変装――といっても、目のところに穴をあけた紙袋、かぶっただけだけれど。(とはいえ、この変装、あまりに目立つので、コックピットの寸前まで、普通の格好でゆき、コックピットの前で、人影がないの確認してかぶったんだけれど。)

そして、コックピットのドアをノックしようとし――と。ノックの前にドアがあき、キャビンアテンダントさんが出てきた。

「お……お客様？」

紙袋かぶった二人と女の子。あまりに妙なとりあわせを見たせいか、キャビンアテンダントさん、一瞬、絶句。

「あの、ここから先は、関係者以外、立ち入り禁止なんです。お部屋の方へおもどり下さいませ」

それから更にしげしげ紙袋みつめて。

「あの……何、なさってるんですか？」

「ええと」

麻子さん口ごもる。何ていえばいいのかな、こういう場合、と。まりかちゃんが。

「きゃあっ！　やめて、お願い」

「は？」

きょとんとするキャビンアテンダントさん。

「逃げようとなんてしないから刺さないで」

この台詞聞いて伸之君、はじめて思い出したように、カッターナイフをまりかちゃんにつきつける。

「あ、あの、お客様、これは一体」

「キャビンアテンダントさん、静かに」

泣きそうな声で、まりかちゃん。すっごい演技力。

「あ、あたし、近藤まりかです」

「近藤まりか……さん」

ぱっとキャビンアテンダントさんの顔色が変わる。結局、近藤氏、誘拐のことを船の責任者に通報したのか。

「しっ、お願い、キャビンアテンダントさん、静かにコックピットの中へはいって下さい。で、あたし達をコックピットの中にいれて下さい。あ、あの、少しでも騒ぐと、あたし、刺されるんです」

緊張する、キャビンアテンダントさんの顔。ようやく伸之君、口をひらく。

「騒ぐな。騒ぐと女を殺すぞ。静かにドアをあけろ」

キャビンアテンダントさん、真顔になってドアをあける。まりかちゃん達、コックピットの中にはいる。

「ここは一般乗客立ち入り禁止ですよ。立川君、何をしているんだね」

部屋のドア近くにいた男の人が、キャビンアテンダントさんに不審そうな目をむける。

「きゃあっ！　お願い、やめて、刺さないで！」

その瞬間、まりかちゃんの悲鳴。部屋中の人の視線が、一斉にまりかちゃんに集中した。

「あたし、近藤まりかっていうんです。誘拐されてるんですっ！　いや、お願い、刺さないで！」

モデルやめても、充分女優で食べてゆけるわ、この娘。

「あの、お願い、みなさん、動かないでっ！　あ、駄目、そこの人、下手に動くとあたしが刺されるんですっ！」

う……うまいっ！　彼女を助けようとして動きかけた人、ぴたりととまる。

「あの、誘拐犯が、この船、スペース・ジャックしようとして……きゃあ、お願い、みなさん動かないでっ！　あたし、殺されちゃうっ！」

迫真の演技……のレヴェル、超えてるわね、これは。なんて麻子さんものんびりかまえている訳にはいかないのだ。演技、せねば。

「この子の命、あなた達の動き方にかかっているんですからね。我々の言うこと、聞きなさい」

「要求は、何だ」

中央にいた偉そうな人がこっちむく。

「船のコースの変更」

「……どこへ」

さあ、それが困ったとこ。

「どこでもいい」

伸之君、困り果てていう。

「……どこでもいい?」

「セレス以外のところなら」

かくて。まったくもって、莫迦莫迦しいとしか言いようがない状況を経て——ゆきあたりばったりスペース・ジャックが成立してしまったのである。

PART V

あ……あ……麻子さん!?

「……ポイントだ。……どうだ、広明、セレス五号の方は」

太一郎さんが、怖い口調でこう言う。怖い——そう、この人、本気になると怖いのよね、ちょっと。

「どうって……ちょうどいいみたいですよ。X—16ポイントなら。そのまま……」

Xポイントがどうのこうの、Yがどうのこうの、とか、関数曲線の何とかを描け、とか、中谷君、無茶苦茶数学的なことを言う。

こ——これなんだ。あたしが宇宙船の免許とれないの。エアポートに着陸する時はそうでもないんだけれど、飛行中の物体に接近する時は、何か急に無闇やたらと数学的になっちゃうの。X、Y、Z。宇宙空間をとぶ時は、方向は、右とか左とかじゃなく三次元になるし、基本的にすべてのものは動いているから、こちらの動きだけじゃなくて相手の動きも計算しないといけないし……。

「……OK。数学的には、もうすぐ俺達、セレス五号においつくな」

「数学的にはって、どういう意味？」

「おそらく、おいついてもセレス五号は俺達の接舷を認めてくれもしないだろうし、俺達を中にもいれてくれないだろうってこと」

　まあ……そうでしょうね。

「とすると、こっそりしのびこまなきゃいけない訳で……面倒だ。あまりに面倒だ」

「面倒って……不可能よ」

　この船がセレス五号にある程度以上近づいたら、それって当然セレス五号のレーダーで判る訳で……こっそりなんて、無理に決まってる。

「途中までさり気なく、単にすれ違うだけの宇宙艇みたいな顔して近づいて、で、途中から何とかレーダーの死角にもぐりこみ……何とか非常用ロックを……むこうがスペース・ジャックさわぎでとり乱してくれれば……」

　太一郎さん、首をひねる。

「まあ……やれるところまでやってみようか。いざとなったら、〝すみません、まだ慣れてないので、うっかりそちらの船に近づきすぎました〟とか謝ればいいや」

計器に手をかけて。あたし、そんな太一郎さんの手を軽くおさえた。

「どう考えても無理よ。下手したらあなた、免許とりあげられちゃう」

「大丈夫」

軽いウインク。

「定期航路を走ってる船のレーダー係なんて、まず、滅多にレーダー見やしないんだから。それに接触する程近づけば、逆にレーダーから見えなくなる」

大丈夫かなあ。でも、まあ、彼を信じて今まで失敗したことなかったし……あ。

かなり近づいたところで、唐突に通信がはいる。

「おい、正気か？」

かなり荒っぽい声。

「このままじゃぶつかるぜ。早くコース直せよ」

「何」

そっと聞いたあたしに太一郎さん、指一本たてて。

「しっ。セレス五号のレーダー係だろ」

「すごい口調……一流ホテル並みの船の筈なのに」

「レーダー係はお客さんに接することはないからね。それに……もし、スペース・ジャックされてるとしたら、気も荒くなるだろう」

「おい、返事しろよ。ぶつかるっつってんの、このままじゃ。聞こえねえのか?」

「……どうする?」

「やっぱ、失敗したみたいだね。俺、謝るよ」

太一郎さん、のろのろ通信機に手をのばす。と、急にバスケットのふたがあいて。何を思ったのかバタカップ、空中で一回転すると太一郎さんの手の方へと漂ってきた。

「バタ」

「しっ」

ぱちん。太一郎さんがいれた通信機のスイッチ。バタカップ、それの前で、大きくのびをして、一声鳴いた。

「みゃあーう」

「みゃあう? 誰だ、あんた」

「ふみゃあ。にゃご」

「お、おい、猫かあんた」

「にゃあお。みゃお。にゃん」

「お、おい、どうしよう」

レーダー係の人、凄く慌てだしたみたい。むこうでしゃべってる声がかすかに聞こえる。

「どうしようって、何が」

「猫がいるんだ」

「猫？　どこに」

「今レーダーにひっかかってる小型宇宙艇の中に。何かよく判らんが……小型宇宙艇を猫が操縦してるみたいなんだ」

「ねこお？　冗談！」

「冗談じゃないよ！　たとえば、誰かが自家用の小型宇宙艇をオートマティックにしておいたとして……それに飼い猫がまぎれこんで……で、スイッチおしちまったとしたら」

「そんなもので船が動くかよ！　いや……動くかな、ひょっとして……。でも、普通の自家用小型宇宙艇は、大抵猫がしのびこまないようにエアロック閉じとくもんだろ」

「そりゃそうだけど、偶然……」

「偶然って、そりゃ大事……。で、どこなんだ、その猫の宇宙艇は」

「ここ……あ！　消えた！」

「消えたあ!?」

ぶちん。太一郎さん、通信機のスイッチを切る。や否や、もの凄い顔して計器に手を伸ばし。

「た、太一郎さん、どういうこと」

「死にたくないなら事情説明は後！」

「おい、消えたってどういうことだよ！」

「レーダーの範囲を越えて、猫の宇宙艇がこの船に近づいてきたってこと」

「てことは」

「ぶつかる！」

「え⁉」

あたし、思わず叫ぶ。のとほぼ同時に、小型宇宙艇、とまった。

「どういうこと？　ぶつかったの？」

「いや、接舷したの。もう俺、その猫が無重力状態ではしゃいでも、何の文句も言わないよ。その猫のおかげだ」

「バタカップ。ちゃんと名前呼んであげて。で、バタカップのおかげで、何なの？」

「むこうが呆然としている間に、接舷できた。ここまでぴったりセレス五号にくっついちまえば、もうレーダーにうつらない。危険領域って、ポイントにして〇コンマ五くらいの間だけなんだよね。〇コンマ五程度船に近づくと、ぶつかる危険性がでてくるから、宇宙船側が注意する。注意してても聞かないと、最悪の場合、うちおとされちまうんだけど」

「うちおと……される？」

「ああ。でも、ここまでくっついちまえば大丈夫」

「あ……よかった」

「あのレーダー係、俺達が〇コンマ二に近づくまで、気づかなかったよ。相当手を抜いてるね。

で、○コンマ二から○コンマ一までの間を、バタカップ騒動でごまかされちまって」

「で、その直後、太一郎さんが必死になって、ぶつからないよう接近した訳ね」

「そう。……ではお嬢さん、行きますか」

「行くって、どこへ?」

「どこへって……あゆみちゃん、あんたまさか、小判ざめみたいにずうっとセレス五号にくっついてるつもりじゃないだろ。せっかくここまで来たんだから」

「やっぱ、セレス五号の中に……」

「はいらなきゃ来た意味がないだろうが。ほれ、宇宙服着て」

「あ……うん。でも……バタカップは?」

「うーむ。放っとく訳にいかないけど……バスケットは……空気がもれるだろうし。仕方ない、今回はちょっとここでお留守番を」

もぞもぞ宇宙服着て。それから。

「ごめんね、バタカップ。ちょっとの間……いい子にしてね」

バタカップの頭、そっとなぜる。そして、エアロックあけて。

「で、さて」

セレス五号の壁にへばりついて、太一郎さん。

「これが、セレス五号の緊急用エアロックなんだけど、ここからあとはたのむよ、あゆみちゃん」

「たのむって……？」

「あのね。これ、外からじゃ普通、あかないんだ」

……へ？

「だって考えてもみろよ。非常用エアロックが外からあいてどうするんだ」

ま……そりゃ、そうよね。

「ところが俺達はこの中にはいらなきゃいけない。とすると、これあけるしかないだろ」

「そ……それをあたしにやれって」

「あんたの左手は何の為なの」

あたしの左手。もの凄く丈夫で、常人の何十倍もの筋力を持った手。うん、この手の使い道って、他にないものね。（まさか、所長愛用のデスクをたたき壊すのが、この左手の正統的な用途だとは思いたくない。）ようし。

左手をかまえる。そして。

「あ、ちょっと待って。ここ、たたけよ」

太一郎さんの声。

「ここがコントロール・メカニズムなんだ——つまり、鍵にあたるとこ。ここ壊せばエアロックあくよ」

「あ……そう」

再び、左手をかまえる。そして。

どしーん。もっの凄い、音。

「やったぜ」

太一郎さんのポーズ、実は、あんまり見てる暇、なかった。とにかくエアロックがあいて、そこへ駆けこみ。

何やらかにやら、太一郎さんがコントロール・ボックスいじる。

「……OK。もう、宇宙服ぬいでいいよ」

「どうなった訳?」

「つまり無事、セレス五号にはいりこんだってこと」

ふう。ヘルメットぬいで、深呼吸。と。

「……変だな」

太一郎さん、ぼそっと呟く。

「変って何が?」

「この船が、広明の言うとおり、スペース・ジャックされたんなら、この犯人、余程の莫迦だぜ。何であの謎の猫、調べに来ないんだろう。それに……スペース・ジャックされていないとすると、この船のレーダー係、どうかしてる。いくら何でもうまくゆきすぎた」

「ま、いいんじゃない、うまくいったんだから」

「……うまくゆきすぎると不安になるの。……ま、いいか。行くぜ」

☆

「お……おまえ達、よくまあ、何の騒ぎもおこさずにこの船にのりこめたな」

所長、絶句した。お部屋のドアをノックして、で、おそらくは麻子さんが帰って来たと思ったのか、もの凄く嬉しそうな顔してドアあけた所長、太一郎さんの顔見るや否や、嬉しそうな顔をぱっとくずし、それから、呆然って顔、作って。

「ま、蛇の道は蛇っていいますからね」

「で……今回は、何、壊した」

「何も壊してませんよ、まだ。……余程俺、信用されてないんだなあ。あ、レーダー係の人を一人、化け猫ノイローゼにしたかも知れないけど」

つかつか太一郎さん、お部屋の中にはいって。

「で、麻ちゃんは」

「まるで手がかり、なし。まあ、心配しないでって書いてでてったんだから、無駄だろうとは思ったんだけど、一応、船内放送、何度かしてもらって、医務室とかそういう新妻が突発的に行く可能性のあるところはすべて調べたんだが……影も形もない」

「ふうむ。影も形もなし、か。とすると残るは、よその人の船室の中……」

「のセンだろうな。困ったもんだ」

困ったもんだ。こう言う時の所長の表情……なんか苦笑してるみたい。

「で？　どうするんですか、麻子さんのこと」

「どうするも何も……でかたを待つしか、ないだろう。あのね、あゆみちゃん。そんな悲惨な顔、しないで。そのうち連絡あるよ」

「え？」

「麻子から。あいつは……まあ、どうしようもなくドジなとこ、とか、情に弱いとこ、とか、いろいろ欠点はあるけれど……それでもまあ何とか連絡くらいは……でも類まれなドジ、時々するし……でも連絡くらいは……けど……あー、もう、駄目だ、やめよう。下手に心配しはじめると、ずっと心配してなきゃいけなくなっちまう」

髪、かきむしる。

「さて、と、水沢さん」

太一郎さん、軽くのびをして。

「麻ちゃんを捜す前に聞いておきたいんですが……この船、スペース・ジャックされたって、本当ですか？」

「すぺえすじゃっく？　え？」

「ああ……じゃ、デマかな。どうしようもないな、広明は。何考えてんだ、あいつ」

と、実にタイミングよく、中谷君から連絡がはいった。

☆

「おい、広明」

「山崎先輩」

二人はほとんど同時にしゃべりだす。

「この船、スペース・ジャックなんてされてないぜ」

「完全なスペース・ジャックです」

同時に二人、まったく逆のことを言い。

「おい、どういうことだ？」

「えーと、前回の連絡の時は、はっきりしたことが判らなかったんですが、あのあと、ずっとその船をトレースした結果、あきらかに、コースに変動をきたしています。どう見てもセレスにむかうコースじゃなくて……航空管理局から、何度も抗議と事情説明要求のサインがでています」

「スペース・ジャック……この船が、か？」

「で……何より変なのは、コースが定まっていないということなんです。定期宇宙船ですから、特定航路をとんでいる訳ですけれど、航空管理局が示す、今もっともすいている、そこをとんでも他の船に迷惑がかからない航路を行きつ戻りつしてます。言いかえると、どうもちゃんとした目的地があってとんでいるのではなくて、セレスにゆかないようとんでいるんだと思われます」

「それに対して、航空管理局は何ていってるんだ？」

脇から所長が口をはさむ。

「それが一番、訳判んないんです。セレス五号から、航空管理局にはいった連絡によると、一種のＶＩＰが人質にとられたらしいんです。何が何でも人命尊重でゆきたいから、航空管理局は手をださないで欲しい、と」

「判んねえなあ」

太一郎さん、頭かかえる。

「そんな凄いスペース・ジャック犯なら、何だって俺達がこの船にのりこんだこと、気がつかないんだ」

「あと、山崎先輩にたのまれたヴィードール・コレクションのことなんですけれど」

中谷君、紙ひろげる。

「確かにその船には、近藤商会の人がのってます。近藤譲っていう社長と、その妻ゆりか、一人娘のまりか。ゆりかとまりかはモデルで、特に、今度のヴィードール・コレクション・ショウの主役です」

「……はん。するってえと、あの脅迫状、その近藤譲って人あてか」

「おそらくは。それに、それだけじゃないんですよ。その船の乗客の三分の二は、ヴィードール・コレクション・ショウ・ツアーの人達です」

「ヴィードール・コレクション・ショウ・ツアー？」

「何でも、毎年ある程度以上の額のヴィードール・コレクションを買う人の中から、百組二百人を選んで、セレスにおけるショウと、小惑星帯の観光の為の旅行を企画したらしいんです。ヴィードール・コレクション二十五周年記念、とかいって。だからその船、大きいでしょう」

「え？」

「本来なら中型船の航路なんですよ、そこ。ところがセレス五号に限り、大口の団体客がはいっちまったから……中型船と小型船、二つドッキングして、何とか大型船にしたててあるんです」

「へ……え」

「大変でしたよ。何つったって乗客がやたら多かったんだから。……で」

中谷君、舌なめずり。

「実に面白い人物が二人、乗ってるんですよ、その船には。伊東と小沢って名乗ってる男なんですが、両方共、おそらく偽名だと思います。小沢って名乗っている方は、桜木《さくらぎ》だと思います」

「桜木?」

「前に三回誘拐やって——三回共証拠不充分で不起訴になった男です」

三回誘拐——で、不起訴。ひえっ、誘拐のプロだ!

「……成程。面白いな」

所長、目つきがかわってきた。

「え……誰だ」

「え?」

「なめるなよ、広明。おまえがそういうもってまわった言い方する時は、必ず何かつかんでいる時だ。判ったんだろ、誘拐屋使って、近藤譲をいたぶろうって黒幕の正体」

「判る……っていうか、まだ、予想、推測の段階なんですが、倉橋高志《くらはしたかし》、あるいはその周辺って線がでてきました」

「倉橋って何だ?」

「ヴィードール・コレクションがでてくるまで、毛皮市場でトップのシェアをほこっていた、ラビット・カンパニーの宣伝部長です」

「ラビット・カンパニー……そりゃ、違うんじゃないか」

所長、首かしげて。

「あそこは大手だぜ。あんなとこの社員が、そんなに危なっかしい真似、するかな」

「おそらく社長とか、その辺は関係ないと思います。倉橋は、もともとフリーランサーの宣伝屋で、実力をみこまれてラビット・カンパニーにひっこ抜かれたんですが……前にもだいぶ汚い手を使った形跡があります。特にフリーの時代に」

「ふうん……」

「それに、一回、桜木と倉橋が接触している、それも一週間前にっていう情報もつかみました」

「ふ……ん。しかしなあ、毎度のことながら、おまえの情報収集能力は凄いな。けたはずれとしか言いようがない」

「いや」

中谷君、照れて。

「これ、実は偶然なんです。友人で、倉橋おっかけてるルポライターがいるんですよね。そいつが、この間ぐちこぼしてたんで……上の方から圧力がかかって、倉橋の記事、ボツになったって。で、今回、ヴィードール・コレクション調べてゆくうちに、ラビット・カンパニーと倉橋の名がでてきたんで……つい先刻、そいつに電話したら、桜木が偽名使ってセレスへ行った話なんかがぽろぽろでてきて」

「どっちにしたって、凄いよ。けど……」

所長の眉間に、どんどんしわがよってゆく。

「一体全体、何だってそれに麻子がかむんだ?」

★

電話がきれて、しばらくして。ふいに太一郎さん、立ちあがった。

「決めた。行きますよ、水沢さん。こんなところで、ぐちゃぐちゃ悩んでいても、どうしようもない」

「行くって、どこへ」

「コックピット。今のとこ、判ってることって、全然ないでしょうが、どうやら、近藤氏関係の誰かが誘拐されたらしい、いい、この船は、スペース・ジャックされたらしい、いい、麻ちゃんはそれにかんでいるらしい、いい。こんな、らしいばっかじゃ仕方がない」

「仕方がないって……」

「コックピットに行ってみれば、情勢がもう少しはっきり判るでしょう。それに……俺、信じられないんですよね。犯人が腕ききだって。俺とあゆみが船に乗るのに気がつかなかったんだから……思うに、犯人は、絶対無能ですよ。俺が行きゃ、何とかなるかも知れない。……あ、水沢さんはここで待ってた方がいい。ひょっとしたら、ひょっこり麻ちゃんがもどってくるかも知れないから。……おい、あゆみちゃん、行くぞ」

って言って立ちあがり。あたしも、急いで彼のあとを追う。

この時は……本当、想像もしなかったのよね。太一郎さんが行けば何とかなるどころか、太一郎さんとあたしが加わったせいで、事態が更にややこしくなるとは。

☆

「し……静かに」

指だけで、そういう身ぶりを示す。あたし、精一杯静かにして、太一郎さんのうしろにくっついて。

「無用心だな」

ほとんど、聞きとれない程の声で、こう呟いて。

「鍵、かけてないぜ、このコックピットのドア」

細く――ごく細く、ドアをあけ、目をすき間にあてる。それから、眉を軽く上の方へやり、

「……まるっきり、素人だ。このスペース・ジャック……」

スペース・ジャック犯。そう言おうとして、言葉をとぎらせる。一瞬、凍りつく表情。

「どうしたの」

小声で、あたし。

「しっ」

太一郎さん、あたしをおしのけると、とにかくじっと、ドアの中をみつめ続ける。じっと――そして。

急にきびすを返すと、足音をたてないように注意しながら、帰りだしたのだ。しばらく歩いて。深いため息をつく。

「……ああ、驚いた」

「一体何があったのよ」

「驚くなよ……スペース・ジャックの主犯は……麻ちゃんだ」

「ええ⁉︎」

あたし、思わず大声で叫ぶ。

「何でだか――まあ、事情はあるんだろうけれど、麻ちゃんがスペース・ジャックしてる。あともう一人、大学生くらいの男の子と組んで。それから、人質になっているのは、中学生くら

いの女の子。おそらく彼女が近藤まりかだろう」

それから、すたすたと売店の方へ行き、何を思ったのか、週刊誌買ってきた。

「何、その週刊誌」

「いや、別にこれはいらないんだ。欲しかったのは、紙袋。おまえも、これくらいの紙袋もらえるようなものを、何か買って来いよ」

「紙袋……何すんの？」

「麻ちゃんと男の子、紙袋かぶってる。もの凄く原始的な変装だけどね。俺達があそこに出てゆく為には——俺達の身許も、判らないようにしておかなきゃいけないだろ。仕方ないから、連中の真似させてもらおう」

で、買い物して。もう一回、コックピットの前までゆき、ドアをうんと細目にあけ、中をのぞき——急に太一郎さん、ドアけりあけると、手近にいた男の後頭部ぶんなぐった。

「誰？」

ふりむく、主犯格の女。この声は……。

「あ、あ、あ」

あさこさん!? 思わず叫びそうになるのを、慌てておしとどめる。

「あ、あ、あ」

あゆみちゃん!? 麻子さんもこう言おうとしたのだろう。

部屋の中には。十数人の男女がいた。

まず。女の子——これが多分、近藤まりか——にカッターナイフをおしあてた、大学生くらいの男の子。キャプテンとおぼしき人のうしろに立っている麻子さん。そして、レーダー係だの何だの、この船の関係者と思われる人、十数人。

「だ……誰、あなた」

混乱して思わず麻子さんの方にすり寄る中学生くらいの女の子——おそらく、近藤まりか。

やばいなあ、本当に藤四郎だ、この子。誘拐兼スペース・ジャック犯の新手があらわれて、人質の女の子がスペース・ジャックの主犯にすりよったら……それこそ、狂言誘拐だって白状しているようなものじゃない。

狂言誘拐。今、それがはっきり判った。まあ、大体そんなことだろうとは思っていたのよね。麻子さんは誘拐なんてできる人じゃないんだし……。

「ドジだな、おまえは」

太一郎さん、低い声をだし、軽く右腕で、事態が判らず混乱している大学生くらいの男の子を牽制《けんせい》する。

「あやうく、この船の乗組員にしてやられるところだったぜ。背中にもっと気をつけろ」

「あ……はい、ボス」

と、麻子さん。これでまあ何とか、スペース・ジャック犯らしい格好はつきましたな。

「ボスって……あなた一体」

「悪かったな、お嬢さん。今回のスペース・ジャックは、あんたが思ってる程生やさしいものじゃないんだ」

太一郎さん、乱暴にまりかの腕をつかむとひっぱった。思わず太一郎さんにくってかかろうとする大学生くらいの男の子を、一睨みで黙らせて。

「さて。一応、この船の行き先は、指示したのか」

「いえ、まだ」

麻子さん、心底ほっとした顔で言う。

「仕方ないな、これだからおまえは」

太一郎さん、舌うち一つして。

「セレスにもどるんだ」

「セレス？」

大学生くらいの男の子とまりかちゃん、同時に叫ぶ。太一郎さん、呆然としている乗組員を睨みつける。（ま、無理ないわよね。セレス行きの船をスペース・ジャックして、セレスへ行けって言ったの、太一郎さんが最初で最後だろう。）それから太一郎さん、目であたしに合図。

「この部屋にいる連中、しばって倉庫に放りこんどけ」

「え？　でも、それじゃ操縦は」

「ああ、そこの……そう、その眼鏡かけた男と、そっちの背の高い男——その二人は残しといて。眼鏡の方がこの船のキャプテンで、背の高い方がレーダーの責任者らしいから。このくらい、自動化がすすんだ船なら、この二人で何とか動かせるだろう」

「無理だそれは」

眼鏡の人、抗議。

「無理じゃないよ。あいにく俺は、この程度の船を操縦できるライセンス持ってるんで、そのくらいのことは判るんだ」

「OK」

あたし、まず、手近なキャビンアテンダントさんに。

「ごめんなさいね、あなたには何の恨みもないんだけれど」

★

二十分後、コックピットの中は、あたし達——あたし、太一郎さん、麻子さん、まりかちゃん、大学生くらいの男の子——と、船員さん二人だけになった。それから太一郎さん、レーダー係の人をうしろ手にしばりあげて。

「悪いな。けど、あんたの仕事、両手が使えなくとも今のとこ何とかなるだろ」

「冗談じゃない」

あ、この声。例のバタカップに莫迦にされたレーダー係さんだ。

「今はともかく、小惑星帯につっこんだら」

「その頃はほどいてやるよ」

「いや、小惑星帯に行く前に、不測の事態がもしあったら」

「その時は大声だしな。そしたらほどいてやるから。それに」

声が急にからかうようなひびきをおびる。

「この辺には、そんなに船はとんでないよ。たまに猫の幽霊がでることはあるけど」

「猫の……幽霊」

さっとレーダー係さん、顔色かわる。

「そう。あれ、知らないの、あんた。有名な話なんだぜ。この辺、魔の鍋島《なべしま》空域っていって、化け猫の産地なんだ」

やあねえ。信じたらどうすんのよ。それから太一郎さん、ぽんと麻酔銃、麻子さんに渡して、

「ちっとこいつら見張っててくれ。ああ、キャプテンさん。これが麻酔銃だからって――撃たれてもたいしたことはない、なんてたかくくって無謀《むぼう》なこと、すんなよ。これで撃たれたら、大量の死人がでるぜ」

「大量の死人……」

「そう。先刻はあんなこと言ったけど、俺、実はこんなサイズの船、動かせないんだ。あんたがお休みになると、この船の乗客全員、小惑星の一つにつっこんで永眠することになりかねん」

「そんなことすればおまえらだって」

「あいにく俺、小型脱出艇は操縦できるんだ」

キャプテンさん、凄い目で太一郎さんを睨む。

「じゃ、あとのことは頼んだぜ。すぐ交替に来てやるから。さ……来いよ」

太一郎さん、荒々しくまりかの手をひっぱる。

「何すんのよ！　来いって……どこ、つれてく気？」

「莫迦だな、お嬢ちゃん。何だって誘拐犯が人質に全部事情を説明しなきゃいけないんだ？」

「誘拐って、あたしは」

「仮にも誘拐されてるんなら、もうちっと素直になるんだな。さもないと、しなくてもいい怪我、するぜ」

★

廊下にでる。コックピットのドア閉めて。とたんに、今まで黙ってあたし達の行動を見ていた大学生くらいの男の子が猛然と太一郎さんにつかみかかってきた。

「お、おまえは誰だ！　まりかちゃんから手を放せ」

もっの凄く、本気。いいな、何となく。この男の子、まるで捨て身のかまえなんだもの。自分の身の安全にまで頭がまわらなくて――ひたすら、まりかって女の子を守ってあげたいって一念につき動かされている。そんな感じ。ただ――たった一つ、おしむらくは。太一郎さんと彼とじゃ、腕に差がありすぎるのよね。

ほんとに軽くあごに一発。それですぐ、男の子、ぐたっとしてしまった。太一郎さん、軽々とその男の子、かつぎあげ。

「伸之に何すんのよ」

今度はまりかちゃんが無我夢中で太一郎さんにくってかかる。へえ、彼、伸之君っていうのか。

「しっ、お嬢ちゃん」

太一郎さん、まりかちゃんを軽くいなして、

「誘拐された女の子が、誘拐犯の名前知ってるって、ちょっとまずいんじゃないの？　いいから黙ってついておいで。あんたが――もし、麻ちゃんを信じているのなら」

★

「ふ……ん」

所長、あごを思案気になでる。

「こっちが近藤まりかちゃんで、むこうが小林伸之君……か」

一応、二人共、自己紹介とおぼしきことはしたのよね。もっのすごく、ふてくされて、だけど。

近藤まりか。この子って――この子って、ほんっとに、何て女の子！

背は、あたしと同じくらい――百五十五、六。すらりと細身で、何て素敵な足！　目はぱっちり二重、かるく茶がかって、ひどく生きがよさそう。そして――髪！

シュガー・ピンクのメッシュのはいった、あったかい日だまりの色のカーリー！　こんなの、ありな訳？　すごく派手、というか何というか……。

これで、この子の目に生気《せいき》がなかったら、あまりにも髪の色がういている感じになっちゃうところなんだけど――でも。

実に、いいの。目が。生きている瞳って、こんなものだと思う。

よく動く。力がある。力――変な言い方だけど、瞳にも力ってあるのよ。判るんだ、本当に、この子はとっても生きているって。生命力というものが目の中に宿っている。

そして――目の力って、偉大なものだわ――この瞳があると、そのどうしようもなくアンバランスな髪の毛が、なんとなくきれいに見えちゃうのよね。きれい――ううん、納得。何かよく判んないんだけど――というより、そもそも理由のありようがないんだけど――この子の髪がこんな色なのは、別におかしいことじゃないんだ。そう、納得しちゃう。

小林伸之君。例の、もう一人の男の子。身長一六六か七、かなりやせぎすの、高校生か大学生ってイメージの。こちらは――言っちゃなんだけど、迫力まけ。その女の子が、あまりにも圧倒的に存在感があるので、どこかイメージがかすんでしまう。イメージがかすむ――というより、何か、変なの。太一郎さんがなぐってから。何だかすごくぼけっとしてる。

「……で、二人共、何だってこんなこと、したんだ？　二人共……これ、あきらかに犯罪だって……判らない年じゃや、ないだろうなあ」

「あなた……誰よ」

あくまで毒を含んだまりかちゃんの口調。

「俺？　一応、公的には、水沢総合事務所っていうとこの所長」

と、所長。

「所員その一」

と、太一郎さん。

「所員その二」

と、あたし。

「で……私的には、麻子の夫」

「お姉さんの旦那様？」

「そう。お姉さんの旦那様だから、お兄さんってとこか」

太一郎さん、脇むいてうえって顔をする。

「じゃ……もし、本当に」

もし、本当に。こう言った時のまりかちゃんの目。すっごく本気で……何か……怖いくらい。

「じゃ、もし本当に麻子お姉さんを愛してるのなら……どうして信頼してあげないの？　お姉さんのすることを」

「信頼してるよ、そりゃ」

所長、まりかちゃんの台詞を軽く流して。

「でもね。俺、麻子を前科者にしたくない。それだけの話。あんたらのしていることは――間違いなく、麻子を前科者にしちまうだろう」

不満そうなまりかちゃんの顔色を見て。

「言いかえるよ。あんたは――近藤まりかさん、あんたは。あるいは、小林伸之君、あんたは。まるで、素人だ。まるで素人が、運がよくてスペース・ジャックできたからって、てんぐになってる。そんな状態に……麻子をおいておけるかよ。あいつは、人一倍、弱いんだ。人と人とのからみあいって奴に」

それから所長、にやって笑って。

「おーや、まあ、まだ不満そうだね。この子は。もうちっと詳しく言ってやろうか。あんた達、人の奥さんを前科者にしようとしてんだぜ。信頼しているってことと、ひどい目にあいそうな奥さんを救うっていうのは、別に矛盾しない行為だと思うんだが」

まりかちゃん、段々うつむいてくる。と、所長、急に声のトーン変えて、もの凄く、怖い感じ。

「説明したまえ。何でこうなったんだ。どこで麻子がかんだんだ。この先、どういう計画になってるんだ」

初めて聞いた。所長の——命令する声。今までの所長の指示って、〝してくれないかな〟〝こうやってくれ〟って類の、いわば依頼だったのだ。こう正面きって、〝命令〟ってパターンになったの、はじめて。そしてその命令は——何か、すごい迫力なの。

「あの」

思わずずって感じで、まりかちゃん、口を開く。

「あたしが……」

★

「何とかしてくれよ、おい」

説明聞いた瞬間、所長、椅子の中にへたりこんでしまった。

「要するにまりかちゃん、君、甘えたくて狂言誘拐されて、それがかなえられないでスペース・ジャックしちゃった訳か……。けどまあ、麻子もしかたないなあ」

「まあ、麻子さんにしてみればしかたなかったんじゃないでしょうか」

あたしも、ため息ついて。まりかちゃん。話を聞いてみれば——というより彼女が話しているのを見れば。成程かわいくて助けてあげたくなるような女の子。でも——この、苦さは何だろうか。ちょっぴり、心が痛いような、苦さ。

「狂言誘拐が失敗したからって、途中でやめる訳にはいかなかっただろうし」

「どうせ彼女のことだから、まりかちゃんに目一杯同情しちまったんだろうな」

太一郎さんが、くじらの如く煙を上にはきあげた。

「で……水沢さん、この先、どうします。とりあえずセレスに戻るよう、言っといたんだけど」

「……それが問題だ。何つったって、チケット買う時に、俺も麻子も本名使っちまったしなあ」

「麻ちゃん呼んで事情聞きますか？　コックピットの方は、俺が麻ちゃんと交替するってことで」

「……だったの。でね、あたくしとしては、どうにも我慢、できなかったのよ。まりかちゃんが――こんな年の女の子が、親に愛されてない、なんて思いこむのが」

「で……スペース・ジャックか」

麻子さんは、まりかちゃんの話したがらなかったこと――お父さんへのコンプレックスとか、お母さんへのコンプレックスなんかを、詳しく話してくれた。それから、伸之君の問題――ヴィヴが可哀想だ、という奴も。

「成程おまえはお人よしだよなあ。理由聞けば、判らないでもないけれど……それにしてもおまえ、お人よしだ」

所長、つかつか麻子さんに近づく。

PART VI
Tea for you

「理由は判った。おまえの性格考えると、ああいう行動とったのは無理はないとは思う。無理はないが……やはり……あさこっ！」

ぱしっ！

かなり派手な音がして、麻子さんのほっぺた、赤くなる。

「ごめんなさい、あなた。本当に」

「ちょっと、何するのっ！」

まりかちゃん、所長に喰ってかかって。

「麻子お姉さんはどこも悪くないわよ。あたしがお姉さん誘拐したのよ」

「いや……」

所長、まりかちゃんが介入すると、とたんにてれくさそうに笑って。

「困ったな……君には関係ないんだ」

「どこが関係ないのよ。あたしがお姉さんさらったのよ。さらわれたお姉さんを何でぶつの」

あ……まりかちゃん。目に、涙ためてる。

「怒るんならあたしを怒ったらいいじゃない。何で麻子お姉さんを」

「……まりかちゃん」

麻子さん、たまらなくいとおしげな表情でまりかちゃん見て。

「これはね、あなたに関係のない、あたくしと彼との問題なのよ。事情はおいておいて、あたくし、彼に心配かけたでしょ……愛する人に……あたくしを愛してくれる人に、不必要な心配かけたら、ぶたれて当然なの」

それから。

「あなたをぶつのは、うちの人……きゃっ、うちの人ですって、やだ、あん、言っちゃった、うふっ、うちの人じゃなくて、あなたのお父さまとお母さまの仕事よ」

「ま、その……何だな」

何か妙に赤くなって、所長。

「判ってるならいいんだ。そりゃ、ま、おまえのことだから、たいして心配はしなかったけれど、つまりえーと……何だな、その、何というか……えー、ひっぱたきでもしなけりゃ、格好、つかないじゃないか」

「格好?」

「お、俺は、新婚初夜に新妻に逃げられた可哀想な男なんだぞ!」

「あ……あは」

「あは、じゃないっ!」

「そうでした、ごめんなさい」

麻子さん、深々と頭さげて。と、またもやまりかちゃんが。

「だからそれ、麻子お姉さんのせいじゃないってば!」

「そんなことは判ってるんだよ！」

所長、思わずどなり返して。

「判って……る？」

「あ、いや、だからその、いくら事情が何だって……あ、君、小林君っていったっけ、君なら判るだろ？　事情はさておき、大の男が新婚初夜にすっぽかされたら」

「あ……はあ」

仲之君も、何かへどもどして。

「そうでしょう……ねえ、やはり男としては」

「なあ」

「ええ」

二人で合意。まりかちゃんが仲之君つっついて。

「どういうこと？」

「いや、男のプライドというか何というか……初めての夜に奥さんが……あ、いや、つまり、男の方が最近はよっぽど純情だってこと！」

☆

で、そのあと、何とか——というか、一回麻子さんひっぱたいたら、所長、気がすんだみたい——二人が和解して。麻子さん、お茶いれた。

「あ……おいしい」

まりかちゃん、思わず、呟く。

「ふふ、ありがと」

「麻子のお茶は火星一だからな」

所長も満足気にうなずいて。

「麻子お姉さん、お茶、習ってたんですか？」

「え？　ううん」

「はあ……あ、別に、お茶がどうこうっていう訳じゃなくて……水沢さんて人が、お姉さんのお茶は火星一だって言うから……何かやってたのかと」

「ううん、そういう訳じゃなくてね。これって、意地の問題なの。意地——ううん、存在をかけた問題」

そういって。麻子さんは、ゆっくりと、麻子さんのお茶の話、始めた。

★

あのね、五年くらい前の話なんだけれど。

あたくし、合気道やってたし、けんかも強かったし、立ち居ふるまい、その他何でも、並の女の人には負けない自信、あったのよね。

で、その時あたくし、水沢総合事務所——つまり、今の仕事先——につとめてて、で、そこが一昔前の探偵事務所みたいなところで、女の子があたくししかいなかったのね。

あたくし以外、他の人、みんな男——で。あたくし、男の間にまじっても、決して腕のたたない方じゃなかったし。気がつかなかったし——気づきたくなかったけれど、いつの間にか、うぬぼれてたの。

そこへ、月村《つきむら》真樹子さんって人が、来るの。その人がね——凄かったのよ。

まず、とにかく強いの。

うちの事務所の連中、ほとんどかなわないくらい。合気道やってた、なんて、彼女の前では、何の意味ももたないくらい。

おまけに、とっても頭がよかったの。

何ていってもIQ二百って怪物だったし……あっちこっちのシンクタンクが、彼女を手許に欲しがってた。

ついでに、凄い美人で、スタイルもよくて……あたくし、完全にコンプレックスのかたまりになっちゃったの。

彼女は彼女で、とっても重い十字架をせおっていたのね。普通の意味での両親がいない――優良遺伝子のみをかけあわせた、試験管ベビーだったのね。でも、一所懸命、彼女の育ての親だった月村夫妻を自分の両親だと思おうとして。

今思うとね、凄く、可哀想な人なの、真樹子さん。育ての母――月村夫人の家系がね、思春期までは太ってて、十七、八で急にやせるのね。その家系にあわせて、十七まで目一杯太って、十八でがたっとやせるとか、月村氏の家系に、くせっ毛が多いって聞けば、そっと髪にパーマあてるとか……一所懸命、生きてきた人なの。

でも――彼女が来た当時はね。そんなこと知らないじゃない。で――あたくしと較べて、真樹子さんの方が、何をやらせてもすぐれてるのよ。そういうのって、たまらないと思わない？

話の途中から。まりかちゃん、じっと麻子さんの顔をみつめだした。じっと――喰いいるようように。それから、深く。

「ええ」

とだけ、呟いて。

あたしもあたしで、じっと麻子さんみつめる。

月村真樹子さん――レイディ。

あたしが彼女に会った時は、彼女、すでに結婚して仕事やめてたし、ただただ素敵な女《ひと》だなあって思うだけで、嫉妬すらしなかったけれど――嫉妬できない程むこうの方が上だったけれど、麻子さんにしてみたら。真樹子さんの方が後輩で、年下なのだ。あとからはいってきた、年下の女の子が、自分よりずっとすぐれていたら――そりゃ、たまらなかったでしょう。

「嫉妬なんてすることないんだよ。ありゃ――真樹ちゃんの方が異常だったんだから。麻子は実によくできた女の子で、真樹ちゃんはけたはずれのスーパーレイディだった」

所長が口はさんで。でも、そんなの、何のなぐさめにもならない。一度、この人ライバルって思ってしまったら――その人がスーパーレイディだってことは負け犬の遠ぼえにしかならなくて――むしろ、その、ライバルが並で、自分が並以下だって思ってしまうのよ。落ちこむ時って、そういうもの。

「でね、あたくしも幼かったから、無理矢理自分の手にあまる仕事ひきうけて――大怪我、しちゃったのね。その時この人が、〝おまえはうちの事務所でたった一人の女の子なんだから、あらっぽいことは他の連中にまかせて、大人しくしてろ〟って言ったの」

「ひどい!」

あたしとまりかちゃん、同時に叫ぶ。

「ひどいっていや……」

所長、しどろもどろ。

「じゃ、真樹子さんって人は何なんです!」

「いや、あの子は、とても女の子とは」

「無茶苦茶な差別だわっ！」

「そうよ、可哀想よっ！」

あたしとまりかちゃん、またも叫ぶ。

「差別って……可哀想って……真樹ちゃんは全然そんなこと……」

「逆よ！」

あ、またあたしとまりかちゃんの台詞、だぶった。

「麻子お姉さんが可哀想よ。事務所に女の子が二人いて、一人が男扱いされてるってことは――その、真樹子さんって人だけ、一人前として見てるってことになるじゃない！」

「あたくしも、そう思ったの。で、病院のベッドの中で、毎晩泣いて……」

「麻子お姉さん、かわいそう……」

「でね。本当、いろいろなこと、考えたのよ。一時はね、ちらっとだけど、真樹子さんが大怪我して、半人前の仕事しかできなくなっちゃえばいい、なんて思ったの。でも……仮にね、真樹子さんが怪我のせいで半人前の仕事しかできなくなったんだ、とすれば……一人前の女として、あたくしと真樹子さん較べた時、やっぱりあたくしの方がおとるってことになるじゃない」

……うん。

「それに、真樹子さんがあたくしよりすぐれているって……真樹子さんのせいじゃないことだし」

でも、それが判っていてもわりきれないのが、嫉妬だと思う。

「よくね……お説教される時のシチュエイションにあるじゃない。うんと努力して、で、いつか相手を抜けばいいって……あれって、はっきり嘘だって判った。努力しても絶対に抜けない相手っているのよね。そういうのを、天分っていうんだろうし……。でも、こう思っちゃうと、本当に救いがないのよね」

それは、いえる。

「かといって、絶対嘘だって判ってる、努力していつか相手を抜くっていうの、とてもやる気になれなかったし。でね……あたくし、探したの。あたくしの、美点」

美点……。

「真樹子さんは、すべてにおいて、あたくしよりすぐれているように見える。でも、どこか、あたくしの方が……って。半年入院してたから、半年かけて探したのよ。考える時間は嫌って程あったし……。で、みつけたの」

ひしっ。今やまりかちゃんの視線は、ねばりつくように、麻子さんを睨《ね》めまわしている。

「あのね、真樹子さんは、とっても思いきりがよくて、何でもすぐやってしまうっていう性格なのね。それって、この仕事やっていく上には、とってもプラスなんだけれど――マイナス面も、あるの。細かいことに気がつかない――というより、大筋だけをちゃんとおさえるから、仕事ができるのよね」

「細かいこと……」

「あのね、本当にたいしたことじゃないの。仕事が目一杯いそがしくなると、それの方にばっかり気がむいて、家事がすこしおろそかになる、とか、机の上に資料なんかが山づみになっていて、見ためがきれいじゃない、とか、本当にせっぱつまってくると、領収書もらってくるの忘れる、とか」

でも。それがいかほどのマイナスだろうか。太一郎さんなんか、家事なんてやったことがなく、机の上は汚いなんて状態を通りこし、おまけに、領収書がどうのこうのなんて事務上必要なきまり、守ったことがない。けど――間違いなく、事務所一、有能。

「そこしかない、と思ったの。で、お茶、いれることにしたの」

「？」

急にとんだ話に、ついてゆけない。

「あ、ああ、説明不足ね。真樹子さん、なみいる男連中圧して事務所一仕事ができたし、おおらかで、細かいこと気にしなくて……。所長の……良行さんの言ったことは、この点では間違いなかったのよ。あたくしが一番、細かいことにまで気がまわって、ちいさなことが気になった――あたくしが一番、ある意味で女性だった訳。で……あたくし、事務所の〝安らぎ〟になろうとしたの。〝安らぎ〟――ウかんむりに、女。あのね、ウかんむりって、どういう意味があるか、知ってる？ 宀っていうの、かたかなのウに似てるでしょ。で、ウかんむりっていうのね。宀だけだと、家の屋根って意味なの。屋根の中に女がいて――で、安らかになる訳。あたくしがいて、安らぎがあるところ――うちの事務所、そういうところにしようと思った。で、お茶いれたの」

……まだ、論理の飛躍を、感じる。

「お茶ってね、きゅうすにお茶っ葉いれてお湯いれて――で、できあがりっていうものじゃないと思ったの。――あ、この場合、いわゆる茶道のお茶はぬきよ。あのね、人が、お茶、欲しいなあっていうの、どういう時だと思う?」

「喉がかわいている時とか……一服したい時」

「その、一服したい時って、どういう時なの?」

「えーと……考えごとがゆきづまったとか、思うようにゆかない、とか、何もかも順調だけどちょっと疲れた、とか……」

「おおむね、疲れた時よね。考えごとにゆきづまったり、思うようにゆかないっていうの、疲れた時ですもの」

「ええ」

「でね、疲れ方にも、いろいろあるじゃない? 肉体的に疲れたのか、精神的に疲れたのか、お茶をゆっくりのみたいのか、とにかく喉がかわいていて、一息にのみほしたいのか。個人の差も、あるわね。モカが好き、とか、キリマンジャロが好き、とか。プリンス・オブ・ウェールズが好き、とか、日東紅茶が好き、とか。お砂糖は二つがいい、とか、いれない方がいい、とか。すごくあついお茶が好き、とか、ぬるい方がいい、とか」

「ええ」

そうなの。あたし、あついの、一切、のめない。凄い猫舌なんだもの。あ……そういえば。事務所であたしに出されるホットって、いっつも少しさめていたような気がする。

「で……あたくし、覚えたの。個人の好みのお茶。この人は、コーヒーっていったらモカに決まってる、とか、この人はネスカフェ専門、とか。あるいは、この人は舌がやけどしそうな温度が好き、とか、この人はどっちかっていうとぬるい方が好き、とか」

……凄く、心あたりが、ある。

あたしに出る紅茶。あれって、いっつも、トワイニングのプリンス・オブ・ウェールズではなかろうか。時々、オレンジ・ペコで。

「それから、応用したの。この人は、いつも砂糖小さじ一杯だけど、今日は肉体的に疲れていそうだから小さじ二、とか、この人はいつも紅茶党だけれど、今朝からとっても短期間でお手洗いにたったからジュースにしよう、とか」

……紅茶には、利尿作用がある。(あの、つまり、紅茶をある程度のむと、やたらとお手洗いに行きたくなるってこと。ビールなんかも、そう。経験、ない?)こ……この人は、そんなことまで考えて……。

「でね、そういうことをふまえた上で、お茶、いれることにしたの。これ……とっても好評だったのよ」

「す……ごい」

まりかちゃんが呟く。

「麻子お姉さん、それ、何の苦もなく――あ、言い方違う、こんなことして何になる、とか全然思わず、やったんですか?」

「どうせお茶いれるんなら、嫌々いれるより、多少なりともその人にあったいれ方する方が、いいと思ったし――お茶くみだけは、真樹子さんに負けないと思った」

にっこり笑って。

「あれ、不思議だったのよね。昔、あからさまな男女差別があった頃、お茶くみは、女の人だけじゃなく、暇な人にやらせろって論争があったって話。……お茶くみが、暇な人になんて、やられてたまるものですか。あれだって、つきつめれば、一つの芸術みたいなものだもの。無能な人がお茶いれたら……そんなもの、お茶っていわないわよ」

「だからね」

所長、ゆっくり口をはさむ。

「だから、麻子のお茶は銀河系一だっていうんだ。どこの喫茶店だって、お客の体調や好み考えながらお茶だしたりしないだろ。けど、麻子はそれをやるんだ。それに……何ていうのかな、熱意、かな。彼女のいれるお茶は——すべてをさしおいて、おいしい」

「でね」

にっこりと、麻子さん。

「真樹子さんがどうあれ、お茶だけは、あたくし、彼女に勝てるって自信もって——それに、〝たかがお茶〟って言わせせない程のお茶をいれるって自負もって、職場に帰った訳」

「でも」

まりかちゃん、嫌な目つきで水沢さん、睨んで。

「よく帰る気になりましたね。あんな——〝おまえはうちの事務所でたった一人の女の子なんだから、あらっぽいことは他の連中にまかせて、大人しくしてろ〟なんていう人のところへ」

「どうせ俺が照れ屋だからだ！」

所長、叫んでそっぽむいて。麻子さんが、解説してくれた。

「あのね、違うの。それがね……あとで判ったんだけど、すごい誤解だったのよね。この人、照れ屋だから思うように言えなかっただけで……本当は、こう言うつもりだったんですって……ふふっ、〝おまえは、俺にとってたった一人の女の子なんだから〟。この——俺にとって、がどうしても言えずに」

「悪いのかよ、それが」

そっぽ向いた所長、顔がまっ赤。あはっ、照れてる！　照れてる！

「んなこと言えるかよ！　仮にも……仮にも所長なんだぜ俺は！　本当にこの……」

この。そう言った時の所長の表情ったら。あ……あ、もう、駄目。もう駄目。笑っちゃう。

「や……やだ」

まりかちゃんも笑って。それから、すぐ、真面目な顔になる。

「でも……ごめんなさい、麻子お姉さん……それで本当によかったんですか？　だってやっぱり……いくら上手にいれられたって、お茶くみはたかがお茶くみ」

「でもね、そんなこと言うなら〝たかが〟のつかない仕事がどれ程あるのかしらね。まりかちゃんの仕事だって、〝たかがファッション・モデル〟でしょ」

「たかがファッション・モデルだなんて……そんなこと、絶対言わせない」

きつい口調。

「あれ、よく誤解する人いるけど、単にちょっと顔がきれいだとか、スタイルがいいだけの人が、舞台の端から端へむかって歩けばいいってものじゃないんですからね」

その口調で、よく判る。まりかちゃんが本当にプライド持って、この仕事してるって。

「ね？　でしょ。どんな仕事だって、適当にやってる人にとっては〝たかが〟つきの仕事なのよ。本当に素質に恵まれてて、何の苦もなく——悩むこともなければ、考えることもなく——ファッション・モデルをやっている人には〝たかがファッション・モデル〟だろうし、単に義務感のみで適当にお茶いれている人には〝たかがお茶くみ〟よ。要するに、仕事に〝たかが〟

がつくか否かっていうの、その人がどれ程真剣にその仕事をやっているかっていう問題だと思うの」

ウインク。それから。

「もう一回、お茶、いれましょうね」

★

そのあと、しばらく。みんな、黙っていた。

まりかちゃんは何か考えこんでいるみたいだし、伸之君もほけっとしたまま何も言わない。所長は一回中谷君に連絡したきりずっと黙ってしきりに煙草ふかしていたし、麻子さんは所長に気をつかってずっと黙って。あたしもあたしで、考えごとをしていたのだ。

何でだろう。あたし、まりかちゃんに何だか凄く妙な感情を覚える。一言でいうと——恥ずかしいのだ。

まりかちゃんのやったこと。あれは間違いなくいけないことではあるのだが——でも。何か、一面、無理のないことであるような気も、する。それから先刻の——たかがファッション・モデルだなんて、絶対言わせないって言った時の表情。でも——。

彼女の状況を、自分の身にあてはめてみると、何だかとってもよく判るような気がした。

たとえば、あたしのところに、本来ならば太一郎さんにまわされてしかるべき仕事がまわってきたら。これは——同じ事務所に、太一郎さんがいる以上、もの凄い精神的重圧だろう。こんな事件が解決できる訳はない。自分でそう思ったら——あとは泥沼にはまるだけ。あたしに解決できる訳はない——解決できなければ依頼人に果てしない迷惑がかかる——事務所の評判もおちる——二度とあたしのところに仕事はこないかも知れない——二度と仕事がこなかったらあたしどうして生計たてる——いや、そんなことより。あたしを信頼してこの仕事まかせてくれた所長に何とおわびをしていいのか——太一郎さんならば——太一郎さんなら、依頼人が困るような事態におちいらせる訳が——。

思考はどんどん袋小路へむかい、堂々めぐりを繰り返す。あたしの頭は悩みで一杯になり——悩みで一杯の頭で、ろくな仕事、できる訳、ない。百パーセントの実力をだせたって成功するかどうか判らない仕事で、八十パーセントしか実力がだせなかったら失敗するに決まっていて——かといって、一度悩みだしてしまったものを、今更どうしようもない。

でも。あたしは、この状況下で、逃げだすだろうか。逃げだす——まりかちゃんは、逃げた。いや——逃げたのかしら。

まりかちゃん、甘えたのだ。多分。

お父さんが、おまえなら大丈夫、おまえなら絶対できるって言ってくれることを期待していたんだ。あるいは、たとえモデルなんてできなくとも、おまえは私の愛娘なんだから。何がなくとも愛娘なんだから。そう保証してくれることを期待したんだ。

十四の女の子が親に甘える。これは、実にもっともなことだと思う。実にもっともなんだけど——何ていうのかな、見てて恥ずかしいのよ。それ。見てて恥ずかしい——心が、苦しい。

何でだろう——。

☆

そのあと。太一郎さんと麻子さんがまた交替して、太一郎さんしばらくもそもそ所長とうちあわせ。それからあたしに。

「……困ってんだよ。この船、遠からずセレスについちまうだろ」

「で？　どうする気？」

「とりあえず、水沢夫妻は事件に無関係ってポーズを作りたいんだよな。で……悪いんだけどあゆみちゃん、あんた麻ちゃんの身替わりやってくれる？　俺、水沢さんの身替わりやるから」

「で？」

「一応、セレスにつく手前でいったん船とめて、乗客と乗組員しばって放っておく。勿論、麻ちゃんや所長や伸之君やまりかちゃんもね。で、俺とあゆみちゃんが、俺達が乗ってきた船で逃げる。こうすれば、所長や麻子さん、伸之君は無実——むしろ被害者みたいになるだろ。その為にはまりかちゃんに偽証してもらわないといけないけれど」

「でも……あたしと太一郎さんは？」

「小型宇宙艇で逃げればあとは何とかなるよ。それに俺達は、乗客名簿に名前のない——そもそものっていない客なんだ。この広い宇宙で、何の手がかりもなしに、人二人つかまえることなんて、まず不可能だし」

「駄目よ、そんなの」

「駄目だ、そんなこと」

まりかちゃんと伸之君、同時に叫んだ。

「あなた方の方こそ、まったく無関係の第三者じゃない。まったく無関係の第三者が何で全部罪をかぶらなきゃいけないのよ」

「そうだ。まりかちゃんをさらったのは僕なんだ」

二人共……本当に、いい子。いい子だけど……おしむらくは、現状認識能力がひどく欠けている。

「それは判ってるんだけどね」

太一郎さん、苦笑いして。

「とはいえ、中学生や大学生に全部罪おしつける訳にはいかんだろうが」

歩きだす。あたし、慌てて太一郎さんのあとを追う。まりかちゃんと伸之君は、二人でこそこそ何か話し、うしろからついてくる。

「なあ、あゆみちゃん」

ぽん。軽く、あたしの肩たたいて、太一郎さん。とっても小声——あの二人には、まず聞こえないような声で。

「あの二人、かわいいだろ」

「うん。本当にかわいくて、本当にいい子だわ。……ただ」

ただ。あたし、何と言おうとしたんだろう。ただ。

「ただ、あの二人見てると、どうにも恥ずかしくていられない、と」

太一郎さん、ウインク。ええっ！　どうして判ったの。

「あのね、そんな顔しなさんなよ。……みんな同じなんだから」

「みんな同じ？」

「あの二人を見てるとあんまり恥ずかしいもんだから、麻ちゃんスペース・ジャックやっちまった。あの二人を見てると恥ずかしいから、水沢さん、麻ちゃん怒るの腰くだけになった。……俺もね、恥ずかしいんだよ、あの二人見てると」

「どうして」

「そりゃあんた……あんただって、恥ずかしいだろうが。自分の、幼い頃そっくりの無鉄砲な莫迦がそばにいたらさ。……で、それが判ったら、返してやんなさい。おそらく……あんたが一番、恥ずかしいだろうから」

「返すって……何を」

「今まであんたが他人に世話になった分を。他人に世話になった分、他人に恩を返す――人生に恩返しっていうのやっても、ばちはあたんないと思うよ」

PART VII

三度目の正直・スペース・ジャック

ストップ。

太一郎さん、声にだしては言わなかったけれど、その手の動きを見ていればそれだけで判る。

ストップ——とまれ。今、コックピットの中で、何かおこってる。何か——妙なこと。

ただ。あたしは判ったのよね。太一郎さんのボディ・ランゲージ。でも、まりかちゃんと伸之君は、まるでそれが判らなかったみたい。平然とコックピットのドア、あけてしまう。

「あ……莫迦」

聞こえるか聞こえないかって程の声で、太一郎さん。そして。

「まりかっ!!」

「まりかっ!!」

もっの凄い声の、二重唱。

「おまえ、どうしてここに！」

「無事だったのね、まりか、無事だったのね！」

「パパ！　ママ！　何でここに！」

「あ……う……最悪」

かすかに聞こえる太一郎さんの舌うち。

「おい」

と、同時に。太一郎さんでもキャプテンさんでもレーダー係さんでもない男の声が、ドアのむこうから聞こえてきた。

「そこのドアのうしろのねずみ……でておいで。こっちには、人質が二人ばかりいるんだから」

☆

コックピットの中では。何か、訳判らないうちに、感動の親子の対面をやっていた。

「パパ！　ママ！」

そう叫び、部屋の中央にいる二人に駆けよろうとしながらも、男のかまえたレイ・ガンに釘づけにされたまりかちゃん。

「まりか！　まりか！」

そう叫びながらも、両手をうしろにまわしてむすばれ、両足をぐるぐるまきにしばられている為、身動きのできない初老の男とまだ若い女性——これがおそらく、近藤譲と近藤ゆりか。そして、近藤譲、ゆりか、まりかちゃんの共通した叫び。

「どうしてここに？」

「そのままお手々を上にあげて……そうそう、頭上で手なんか組んでもらえると実に嬉しかったりするね。そう、そっちのお嬢ちゃん。よくできました。ほれ、隣のむさくるしい男もお嬢ちゃんの真似しな」

キャプテンさんと、レーダー係さんは、すでに気絶していた。そして、レーダー係さんおしのけて、その席にいるのが、三十代前半って感じの男。黒ずくめの服着て、何か雰囲気が脂っぽい。脂っぽい——つまり、とっても精力的ってことなのかな。あまりにも男、男していて——こういうタイプ、あたし、苦手。

そして、部屋の中央にいたのが、四十代前半って男。こちらもほとんど黒ずくめだけれど、前の男程ギラギラした感じがなくて、ダンディって雰囲気なのは、年の功かしら。その男のレイ・ガンは、まっすぐまりかちゃんの胸を狙っていた。

「あんたがこの船をスペース・ジャックした男か？」

ダンディな男、こう聞く。

「まあ、そう言えば言えるかも知れない」

太一郎さん、のほほんと答えて、

「で、それが何だ？」

「あんたに一応断わっとこうと思ってさ。この船、あんたにのっとられたあと、また俺達にのっとられた訳だ。二度も一ぺんにスペース・ジャックされた船っていうんで、後世、宇宙博物館にかざられるぜ」

「三度だよ」

太一郎さん、にっと笑う。

「ところで、どっちが伊東でどっちが桜木だ？」

びくん。二人の男の顔色。さっとかわる。その顔色の変化をみて。

「ふーん、あんたが桜木さんか」

と、太一郎さん。太一郎さんの言ったことを信じるとすれば、ダンディな方が桜木さん。脂っぽい方が伊東さん。

「ところで桜木さんよ。ここにいた筈の女の子は？」

「おやすみになってる。——あんたが、キャビンアテンダントや何か、とじこめた部屋で」

「ふーん」

太一郎さん、露骨に顔をしかめる。あの麻子さんが、ねんねんころりよって言われて、すぐ寝てしまう訳がないから……この二人、麻子さんをねかしつけるまでに、ずいぶんいろんなことしたに違いない。あんまり……歓迎できる事態ではないな。

「で？　この先、どうするつもりなんだ」

「とりあえず、イシハラ・スペース・コロニーに行く——あそこは今、ウラン試掘失敗の為、無人になっている筈だ。で、あそこで関係ない乗客おろすよ。そのあと——この近藤一家とおまえ達つれて、もうちっと宇宙旅行を楽しみたいと思っている」

「何で——どうして、パパとママまで」

まりかちゃん、歯がみして。

「俺は何もしてないぜ。あんたがまりかだろ？　その近藤まりかがさらわれたって聞いて、こいつら二人共、えらくかりかりしてたみたいだな」

「パパ……ママ？」

ふりむくまりかちゃんの顔！　顔！

「で、探偵にでも頼んだんだか、とにかく調べあげたらしいな。この船の乗客の中で、近藤商会に恨みを持つ者がいるかどうか」

「で？　それで？」

まりかちゃんの瞳。そうか、生命力あふれると思っていた、瞳。生命力があふれすぎると

——さながら、生きた宝石！

「で、俺達のことがうかんだんだろ。……一応、全船には、あんたのことＶＩＰ待遇——何が何でも人命優先、たとえ誘拐犯の要求がどんなことであっても、あんたの命を最優先にするよう、指示してあったし」

だから。だから、こんな無茶苦茶なスペース・ジャックが成立したんだわ！

「でも、近藤氏としては、どうしても誘拐犯の要求をのめずに……ついに俺んとこへ直談判しに来たんだとさ。まりかが助かるのなら何でもしますって……へっ、まるでギャグだぜ」

へっ、まるでギャグだぜ。

桜木氏は、そう言った。そう、確かに桜木氏にとって、これはギャグなんだろう。でも——まりかちゃんにとっては。

何て目！　何て——何て——何て！

「しかしまあ……今回程楽な仕事はなかったぜ。何とかセレスでのショウを中止させなきゃいけないっていうんで、とりあえずまりかちゃん、あんたをさらって、ショウがおわるまでとじこめておこうかと思ってたんだが……あんたが自発的に狂言誘拐されるだろ、おまけに今度はスペース・ジャック」

「狂言誘拐！　まりか！」

近藤氏、その台詞聞いて、事態もわきまえず怒りだす。

「ところが、どういう訳か妙な具合になっちまって、セレスを離れていた船が、またセレスにむかいだしちまった。今から急げば、間にあっちまう。で、とりあえず、もうしばらくセレスからはなれていて欲しいと思ってると、そこへまったく折よくあんたの両親がやってきちまって……濡れ手で粟《あわ》でも、こんなうまくはいかないよな」

「パパ⁉　ママ⁉　何で——何だって」

「何でってってそりゃ」

桜木氏、笑って。

「一人娘を誘拐されたと思ってる両親にしてみりゃ、あたり前の反応だろ」

まりかちゃん、ゆっくり目を閉じる。それからゆっくり目をあけて——焦点が、あっていない。まりかちゃんの瞳、ぼんやりあたりを見まわして。

しゃべり続ける桜木氏。段々、その桜木氏にむかって、しぼられてゆくまりかちゃんの瞳。

今、まりかちゃんの心の中で何が起こっているか——あたし、判るような気がした。

「近藤まりかは近藤譲の実子じゃないっていうスキャンダルが、まかり通ってるからな。近藤譲がここまでまりかの心配をするとは思っていなかった」

「失礼なことを言うな！」

近藤氏、また叫ぶ。

「まりかはうちの人の娘よ！　決まってるじゃない！」

ゆりか夫人も、叫ぶ。

「まりかのしゃべり方は、私の祖母にうり二つだ！」

「大体、何だって最愛の人の、最愛の子供以外の子供を、わたしが産むの！　もし、暴行されたりした結果、うちの人の子供じゃない子をみごもっちゃったのなら、わたし、おろすに決まってるでしょ！」

「あ……そりゃそうだった」

ふいに、太一郎さんがのほほんとした声をあげる。

「二十代になったばかりの、現役で、しかもこれから売りだそうってモデルがみごもっちまったら、余程子供欲しくなきゃ、産まないよな」

そうだ……わ。確かに。言われてみれば。

昔と違い、中絶がのみ薬一つでとっても楽にでき、母体にまるで傷をのこさないこの時代。母親の五分の一は、卵のみを供出し、人工子宮で子供を育てるこの時代。子供を自分の体で産む——それも、モデルやっている若い女の子が、子供を自分の体で産むっていうのは、大変なことなのだ。

妊娠が確認されたら。あまり急激な運動はできない。酒、煙草等は勿論、不規則で精神的緊張のはなはだしい仕事はさけなければならない。また、産んだあともしばらく、安静が要求される——これは普通の人の場合。

モデルの場合、職業生命を、かけなければいけないのだ。
妊娠と出産により、母体はあきらかに変化する。女の体から、母の体に変化してしまうのだ。まず、バストラインは、確実に崩れる。見て美しいバストから、授乳のしやすいバストへ。同時に、ウエストラインもずいぶんかわる。太るまいと思っても、太ってしまう——大体、お腹に子供がいる時、太ってしまったものをどうすればいい？　そして、出産後にできる、妊娠線。

　それに。肌の衰え、しみ、しわ、エトセトラ。歯だってずいぶん悪くなる。

でも。それでも。女性は、みずから、お腹をいためたがるのだ。それが彼女の子供に対して、一番はじめに彼女がむけてあげられる、彼女の子供に対して、一番沢山彼女が与えてあげられる、純粋な、愛情。

「何で——何で、愛するもの以外の為に、そんな大きな犠牲を払うものですか！」

「そう……ね」

　まりかちゃん、ほとんど聞きとれない程の声で呟く。

「ママ、洗い物もしないものね。手が荒れたら困るって。健康にはもの凄く気をつかうし、お酒も煙草も全然やらないし、何があっても夜ふかししないし……。なのにあたしを産んだのね……」

　ぼんやりとした視線が、父親に向く。

「パパも……ママが普通の人みたいなことするの、全部許さないパパも……ママがあたしを産むの、許したのよね……」

まりかちゃん、言ってたでしょ、あなた。ママは完璧なモデルだって、ママがあまりにも完璧なモデルであるから――コピーにすぎないまりかが、モデルをやってゆけるんだって。そう。もし、近藤ゆりかが完璧なモデルなら。完璧なモデルが、自分のお腹をわざわざいためてまで、子供を産んだっていうそのこと自体が――まりかちゃん自身が、まりかちゃんが欲しくて欲しくてたまらなかった、まりかちゃんが愛されている証拠なのだ。

そうよね、まりかちゃん、それが――あなたが一番欲しかったものであり――また、あなたが欲しかったたった一つのものなのよね。今、あなた、欲しがってたたった一つのものを手にいれて――そうしたら。

そうしたら。

まつ毛が、ゆれる。唇の端がゆっくりゆっくりつりあがって。それは、ひどくこの場にふつりあいな、やわらかい、どこか淫蕩《いんとう》な、しあわせの絶頂という表情になってゆく。

そうしたら。

そうしたら、まりかちゃん、あなた、何をする？

と。

「やだね」

桜木氏が、くっくっと笑った。

「その表情。まるっきり、スペース・ジャックにまきこまれた一般市民の顔でも、誘拐された女の子の顔でもないぜ。それに、そちらのお二人さん。俺、そういう目をする人物、個人的には好きだけど――こういう状態ではあんまり好きとはいえないんでね」

「好きじゃないっていってあんた、俺達顔変える訳にはいかないんだ」

太一郎さん、苦笑い。

「そりゃそうだろう」

桜木氏も、あざわらう。やだなあ、陰険漫才。

「顔変えることはできないからね――表情、変えてあげよう」

ばんっ。

急に。クラッカーが破裂したような音を聞いた。そして、目の前に五色のテープがいり乱れるかわりに、白いもやがかかり――まぶたの裏に、ピンクだの黄だの赤だの、あざやかな暖色の光の線が走った――。

★

ピンクの線――それは、ピンクのテープに。黄色い線――それも、黄色のテープに。とびかうテープ。甘やかな夢。麻子さんの結婚式の夢。

し・あ・わ・せ、よ。

コットン・キャンディの呟き。コットン・キャンディ——ふわふわ綿菓子。舌で軽くおすと、コットン・キャンディ、ふんわり溶ける。甘いあと味。

綿菓子は、とてつもなく大量に見えても、実は少量のざらめなのだ。ざらめ——砂糖。砂糖って、カロリー、高いんだから。

しあわせ——あたくしを、愛してくれてるんだもの、良行さんは。

その一言を口にするたびに、口の中でコットン・キャンディ溶ける。甘くって、それはそれは素敵で、やわらかくて、すぐ溶けて——でも、カロリー、高いの。

どんなにたよりなく、雲みたいに実体がなくても、愛されているって実感は、とってもカロリーの高いものなの。それだけで、あたくしが、どれ程強くなれるか。どれ程強くなれるか——。


暖色のテープは、暖色のイメージに。そして、溶けて。

気がついた。

★

「あ……ん？」

少し、頭がくらくらしていた。まだ、視界には暖色のもやがかかり――それが晴れると。太一郎さんが、床であぐらをかいて、煙草ふかしているのが目にはいった。それから、陸あげされたまぐろのように、ごろんと転がっている近藤夫妻、まりかちゃん、伸之君、キャプテンさん、そしてレーダー係さん。

「た……いちろう、さん？」

「しっ」

右手の人差し指、一本たてて。

「まだあたりにあの二人がいる可能性高いから……当分、静かにしておいで」

ほとんど、唇だけが動いている。声にならない声。

「一体……」

あたしも、何とか音をださないようにしゃべる。

「軽い笑気ガスだよ。あんた、何の夢みてたの？」

「え？」

「テープがどうのこうの、コットン・キャンディがどうのこうの言ってたぜ」

「あは」

赤くなる、少し。あたしがしあわせのコットン・キャンディをかじる時、そのキャンディ持っているのは――太一郎さん、あなたかしら。

「で……太一郎さんは？」

「ちょっと吸っちまったな。三分は息とめてたつもりなんだが――このコックピットのエア・コンディショナー、わずか三分じゃ、とてもこの部屋中の空気をいれかえる訳にはいかなかったみたいだ」

「あの……二人は？」

「あらかじめ調整剤のんでたみたいだ」

「で、今、どうなってるの」

「ちょっと前にイシハラ・スペース・コロニーについた。無関係な乗客だの、俺が閉じこめといたこの船の乗員だののみんなそこでおろしてたな。ああ……麻ちゃんも水沢さんも、おろされたと思う」

「で……どうするつもり」

「問題はそれなんだな」

あ、くじらのしお吹きだあ。太一郎さん、上むいて、煙を吹きあげて。

「俺が思っていた以上に、あの二人、できるみたいだしね。けどまあ……やり方はともかく、やれることはたった一つしかないだろ」

「たった一つ？」

「俺達がのっとった船をあの連中は更にのっとったんだ。とすると、俺達は——もう一回、この船をのっとり返すしかないだろ」

「あ、あのね、太一郎さん、あなたそんな簡単に」

「でも、それしかないわよ」

ふいに、第三の声——まりかちゃん。

「あたし——何が何だかよく判んないのよね。でも、つまり、あの人——あの桜木さんって人、あれなんでしょ。パパとママに本気で被害をあたえようとした人なんでしょ。で——」

で。で、うちの両親は。で。

「で、あたし、プロのモデルなのよ。何が何でも——セレスでのショウに間にあうようにしなきゃ」

燃えだす瞳。あたし、この瞳を、ごく最近、見たことがある。ごく最近。ごく、なつかしく。あたしが。本気になった時の瞳だ。家を出ようと思った時。シノーク13で星を見た時。きりん草の事件を自分で解決できると思った時。そして、レイディを守ってあげたいと思った時。

その——瞳。

「えらく適当だな」

太一郎さん、ゆっくり煙を吐いて言う。

「先刻までは、何が何でもセレスに行きたくなかったんじゃないのか」

「うん……先刻までは」

まりかちゃん、うつむくと自分の手を見た。

「でも……今はね、許せないの」

「何が」

「自分が。あたし——何だかんだ言っても、自分に自信がなくても、モデルって仕事、ほこりに思ってた。ほこりに思ってたからこそ——逆にね、あたしみたいな、不完全な、できの悪いモデルが、平然と舞台にたつのが許せなかったのよね。でも……できの悪いモデルが舞台にたつことと、モデルが舞台をすっぽかすこととでは——やっぱり、あとの方がよりいけないことだと思うの」

きっと顔をあげ。

「先刻。麻子お姉さんの話で——思ったの。あたし、自分のこと、ママと較べたら、どうしようもなく駄目なモデルだと思う。でも、モデルの中には、もっと駄目な人だっているのよ。なまじ、スタイルや美しさに恵まれてるからって——たかがモデルって認識で、舞台にたつ人が。あたしとママが間にあわなかったら——心あたり、あるの。そういう人が、代役にたつって。あたしの着る筈だった服を——そんな、〝たかがモデル〟って思っている人に、着せる訳にいかない」

あ——こういう、ことだったんだ、以前、太一郎さんがあたしに言った台詞。〝自分が半人前だって自覚したら、そいつはもう一人前なんだよ〃。

最初のうち、まりかちゃんは、自分が半人前であるってことも判らなかったに違いない。それが、何年もこの仕事をしてゆくうちに、段々判ってくる。いかに自分が下手か。そして、いかに他の人がうまいか。自分の欠点が自分で判って——そして、自分が半人前であると理解して。ようやく人は、一人前の第一歩をふみだすのだ。とすると——やっぱりまりかちゃん、親のコネや親のコピーで、ショウの主役やカレンダー・ガールになった訳じゃないのよ。本人が気づいていないだけで、立派な実力、あるんだわ、きっと。ううん、きっと、じゃなくて、絶対。だって、一目でプロのモデルって判る程、あざやかな女の子なんだもの。

「それに、もう一つ思ったの。麻子お姉さんと水沢のお兄さん見てて」

水沢のお兄さん。ま、麻子さんがお姉さんなんだから、所長はお兄さんだろうけれど。でも……お兄さんって柄なんだろうか、所長。

「あたし、パパにもママにも、好かれてないって思ってたんだけど——ひょっとしたら、好かれているのかも知れないって気が、してきたの……。で……麻子お姉さんは、水沢のお兄さんを、水沢のお兄さんは麻子お姉さんを、相手が何やったって信頼している訳でしょ。で……水沢のお兄さんは、麻子お姉さんがどうしようもなくなると、何とか助けようとしたんだわ」

髪を、かきあげる。

「だとしたら……この場合、あたし、やっぱり助けてあげるべきじゃない。パパを——ママを」

あたし、好きだわ、この子。何とはなしにそう思った。やることは無茶苦茶だけど、本当に精一杯考えて、精一杯生きている。それが判る——感じとることのできる、瞳を持っている女の子。

「やってやろうじゃないの」

低い、声がした。とてもあたしのものとは思えない、低い声。

「やってやろうじゃないの。何事も——やろうと思わなきゃできないんだし——やろうと思っても、途中で無理だってあきらめちゃえば、それこそ絶対にできないんだもの」

そうよ。あたし、この子が判るわ。この子が——そして、何故、あれ程この子を見るのが恥ずかしかったかが。

この子は。家出した時のあたしなのだ。あるのは、ただ、何かしたいっていう情熱と、意欲、それだけ。自分のやっていることがどれ程人に迷惑かけるか、とか、どれ程人に心配かけるか、とか、どれ程のパーセンテージで成功するか、なんて現実認識能力は一切なくし、ただ、やってやろうじゃないの、って意欲だけがあるの。

それは。かつて、そういう時期をすごしたあたしには、悪いことだときめつけることは、できない。ただ——恥ずかしいことなのだ。ふり返ってみると、とっても恥ずかしいこと。

そして。いつの日か、まりかちゃんも、それを恥ずかしく思いだすだろう。何年か、先。その時、〝恥ずかしい〟っていうだけの苦い、嫌な思い出になってしまうか、それとも、〝恥ずかしい〟と思いはしても、どこか甘ずっぱい、なつかしい思い出になるか。それは――この、一回スペース・ジャックしたのをもう一度スペース・ジャックされ、更にまたスペース・ジャックしなおす、という件が、成功するか否かにかかっているのだ。

……うふ。少し、嘘ね。

大体。あたし、このスペース・ジャック犯、気にいらないわよ。とんびに油あげさらわれた心境。

「で？　どうする気なんだ。あゆみちゃん」

「どうするって……」

どうしよう。

「なかなか興味深い相談だね」

と。ふいに聞こえてきたこのしゃべり方は――桜木さん。

「どうするって、そりゃ君、スペース・ジャック犯の汚名――ま、ある程度は、本当のスペース・ジャック犯なんだから、汚名とは言いにくいかも知れないが――をきてもらうしか仕方ないだろう」

「どこだ？」

「……ここ」

と。——と！　と!!

と、どういうこと⁉

桜木氏の声は、伸之君から聞こえてきてる。

「んな……驚くこともないんじゃない？」

「お……やま。あんた、割と外面いいから、もっとましな男だと思ってたぜ」

「どういうこと？　どういうことなのよ！」

「ね、伸之、どうしたの？　どういうこと？」

あたしとまりかちゃん、同時に叫ぶ。桜木氏の声。でも……伸之君、まだ眠ってる⁉

「割と簡単にできるんだぜ。外耳に超小型のマイクロフォンつっこむ手術って」

外耳——耳？

「この子の意識にちっといたずらしたんだ。潜在意識にはたらきかけて、近藤まりかを誘拐しろって。これ、割と簡単だったぜ。こいつ自身が、二浪のショックや何やかやで、近藤商会恨んでたから」

あ……そうか。前に聞いたことがある。催眠術って、かなりうまくかけても——潜在的に、本人がやりたくないと思っていることをさせることは不可能なのだ。たとえば、催眠術かけて、自殺しろって言っても、本人に死ぬ意志がまるでなければ、それの実行はなされない。

「これでも、いろいろ大変だったんだぜ。ちょっと気が弱くて、近藤商会恨んでいて、ほんのちっとの暗示で、まりかをさらおうだなんて思えるような男、探すの」

「ふ……ん」

「で、そういう男、さらって、暗示かけて、一応念の為外耳に彼が聞いたのとまったく同じ内容を聞きとれ、俺がしゃべる為のマイクロフォン、しかけた」

「成程ね。それさえあれば、否が応でも、伸之君のやった誘拐が成功したか失敗したか、あんたに判るもんな」

そう……それで、それですぐに——まだ、スペース・ジャックさせたことを乗客に知らせる前に、桜木氏は、この船が一たんスペース・ジャックされ、セレスに行かないようにされ、またもスペース・ジャックされ、セレスへ戻るようにされたって判った訳ね。

「この伸之って奴の性格がかなり甘いから、途中どうなるかと思ったぜ。ところがさいわい、余計な奴らがかんできてくれて——おまけに、近藤夫妻まで、かんできてくれて」

そういえば、そうなんだ。伸之君が、本当にまりかちゃん誘拐を企てる程の人物なら、中途で太一郎さんがのりこんできた時、それなりのリアクションおこす筈なのに——まったく呆然と、太一郎さんが、セレスへ行くまいとしていた宇宙船をセレス行きにもどすのを見ていた。

ということは……。

「するってえと、あんたが外面がいいっていうのも、俺の誤解だな。それだけひどいことを平然とやった男が」

「そう。ひどいこと。もっと詳しく言ってやろうか？　その、伸之君の外耳の中のマイクロフォン、あと小一時間であとかたもなく爆発するぜ」

「そ……そんなことしたら伸之は」

うめくまりかちゃん。

「死ぬだろうね。間違いなく。でも、あんまり人の心配している余裕も、ないんだよ」

「そうだな」

太一郎さん、何故か平然とこううけ答えると、あごで、あたしをしゃくった。コックピットのドアを指して。

「外面のそんなによくないあんたが、ここまで詳しく事情を説明するってことは」

「あんた達も、遠からず死ぬ訳」

いいの？

あたし、そんな意味をこめて、太一郎さんふり返る。太一郎さん、うなずいて。

「ああ、そのコックピット……あけようとしても、無駄だよ。完全に、閉じてあるから」

どーん！

もっの凄い、音。あたしの左腕が、コックピットのドア開閉用のコントロール・ボックス壊した音。

「おやおや、何血まよってるんだい？　今、ドアのコントロール・ボックスぶち壊しただろう。

そんなことしても、無駄だよ。そのドア、外から密封してあるんだ。レイ・ガンで焼ききるのだってたっぷり十数分はかかるし——そこにレイ・ガンはない」

「ふーん。そんなことで安心してる訳」

太一郎さん、喉の奥で、くっくっと笑った。すばやく、あたしとまりかちゃんに、声をだすなと手で指示したあとで。

「で、あんた、どこにいるんだ」

いたくあっけらかんとした声をだす太一郎さんに多少慌てたのか、桜木氏、声を荒らげて。

「それが何だ」

「さあ、何だろうね。密封——つまり、セメントだか何だかで、ドアと壁の間をかためただけだろう。それじゃ、ちょっとね」

「ちょっと何だ」

「たしかにコントロール・ボックス壊してもあかないだろうけど、ドア自体が破れりゃあくぜ」

「はは」

うつろな笑い。それも——何か、段々弱くなってゆく。

「負けおしみを言うんじゃない。そのコックピットの中に、ドア破れるような物が何もないことは、一応、たしかめたんだ」

たしかめたんだ――確かに、そうでしょうね。でも、さすがに女の子の腕にまで注意はしなかったみたい。

「たしかめ方が不完全だったな。あったんだよ。現に今、まりかちゃんともう一人の女の子が(ここであたしの名前をださなかった理由は、あとで判った。この会話の途中から、キャプテン氏が目覚めて、あたし達の会話を聞いていたのだ)あんたをおいかけてるぜ」

「はん。遅いぜ」

桜木氏の声が段々、不鮮明になってゆく。

「誰がおいかけようと、俺は、もうこの船にいないんだからな」

「はん?」

「レーダーのぞいてみな。もう、可視領域まで来てる」

「ははん。この船のどこかに爆弾しかけて――で、自分は逃げた訳か」

「悪いかね」

「悪かないよ――それさえ判ればいいんだ。あんたが、もうこの船にいないって。よし、あ……えーと、その、女の子(あゆみって呼べないのだな、この場合)、ゴー!」

どしん!

あたし、思いっきり、ドアをぶんなぐる。ドアの中央がひしゃげ、キャプテン氏があんぐり口をあけるところが見える。で、もう一回、どしん!

「まりか！　伸之君を助けたきゃ、耳かきもってこい！　とにかく探すんだ！」

「はい！」

まりかちゃん、とにかく——意味も何も判らずって風情で、破れたドアから駆けだしてゆく。

「あ……あのね、あんた」

あゆみ。こう言えないと太一郎さん、苦しそうね。

「あんた、爆弾、さがして。十中八九、このコックピットの中！」

「あ、わたし、手伝います！」

キャプテン氏が、こう言う。

「何か——よく判らないけれど……わたし……今現在判った事情の限りでは、太一郎さんって人、あなたと、あ、何とかって人、あなた、味方だと思います」

「OK、キャプテンさん、たのむ！」

「無理だよ。爆弾は、コックピットの中にないんだから」

伸之君の耳から聞こえる、桜木氏の台詞、先程までの、少し人を莫迦にする感じが消えうせている。とすると——逆説的に。これだけ有利な桜木氏があせるってことは、爆弾はコックピットの中にあるのだ。

キャプテンやサブ・キャプテンの椅子。レーダー係の椅子。それらの中や、それらの下、あるいは、床、壁、天井、エア・コンディショナー。それの、どこにも、爆弾のようなものはみあたらない。

「耳かきっ！」

まりかちゃん、叫ぶなり走ってくる。

「売店から盗んできちゃった。船長さんごめんなさい」

太一郎さん、耳かきを右手に持ち。

「よおし、まりかちゃん。その、キャプテンの椅子にくっついている、常備灯ひっこぬいて。これで何とか――外耳なら、外科手術しなくても何とか爆弾とりはずせる筈だ」

「失礼だけれど、何で爆弾が外耳にあるって」

キャプテンさんの疑問に、太一郎さんほえるようにして答える。

「そんなこと常識だろ！　外耳には、マイクロフォンがはいってる。桜木や伊東は、マイクロフォンが死体から発見されるのを望まない筈だ。だとしたら、マイクロフォンを完全にふっとばせるところに、爆弾はあるよ」

それから、伸之君の外耳にかがみこみ。

「まりかちゃん、常備灯で耳の中てらして。あんた！　キャプテンさん！　呆《ほう》けてないで、コックピットにしこまれた爆弾さがせ！」

爆弾、爆弾かくすのには、どこがいい？　木をかくすのなら、森の中に。

落ち着け。落ち着いて、あゆみ。もし、あたしが犯人なら。どこにかくすだろうか――あれ？

あたしが犯人なら。かくさないわよ、こんなとこに。この部屋の中には太一郎さんがいる。ま、あたしが特に太一郎さん過大評価しているせいもあるんだろうけれど、彼とおんなじ部屋に爆弾しかけといて――で、外でちゃったら、間違いなく太一郎さん、それを分解しちゃうだろう。分解されたら爆発しないし、するっていうと太一郎さんあの二人をおいかけだすだろうし、大体、あの二人の乗った船、いまだにレーダーにうつってる。

いまだにレーダーにうつってる。この船にのりこむ時の太一郎さんの台詞。あんまり近づきすぎると、下手すりゃうちおとされる。ということは。今、あたし、あの船をその気になればうちおとせる、ということで……。

「ね、キャプテンさん、ひょっとして」

あたし、キャプテンさん、つつく。

「万一の場合ね、あの、この船にしかけられた爆弾がみつからなかったら……あの二人の乗ってる船、道づれにできるかな」

「あ！　そうだ！　えーい」

キャプテンさん、目が血走ってくる。

「その手があった。爆弾なんてあとでもいい。とりあえずあいつらをかたづけてしまおう」

キャプテンさん、まっすぐレーダーにむかって。

「えーと……よし、これはこのままでいい。そして」

「あ、あの」

あたし、慌てて左手でキャプテンさんの上着つかむ。

「駄目、ちょっと待って」

べりっ。上着、破けた。

「ちょっと待てって一体」

「みつかったの、爆弾」

太一郎さん、ちらともこちらを見ようとしない。ということは、変な言い方だけど、あたしの考え、間違ってないんだ。かわりにまりかちゃんが。

「え？　爆弾!?　みつかったの？」

立ちあがろうとするの、太一郎さんが腕つかんでとめる。

「こら、もうちょっとなんだから、ちゃんと常備灯持ってなさい」

「だって爆弾……」

「常備灯！」

「爆弾の始末はあの連中吹きとばしてからだ！」

一方、無茶苦茶興奮したキャプテンさんは、コンソールにむかう。あん、駄目なんだってば。

あたし、慌ててキャプテンさんをとめようとする。腕ひっぱって力余り――どしっ！

「うわっあっお」

太一郎さん、叫ぶ。

「この、莫迦あゆみ！」

「伸之！　伸之！」

「ごめんなさい、ごめん、大丈夫？」

「ああ……危ないとこだった」

太一郎さん、立ちあがると、あたしのほっぺた軽く人差し指で弾《はじ》く。

「気をつけろよ。まかり間違ったら大惨事だ」

キャプテンさんをとめようとしたあたし、彼を左腕でひっぱり――まだ左腕、本体に慣れてないのよね――キャプテンさんとまるだけじゃなく、うしろにむかってひっくり返った。ひっくり返って、頭うって気を失って。この辺までは、まあいいんだけれど、頭、うった場所がね、すこし床をすべって、もろに伸之君の頭とごっつんこしてしまったのだ。伸之君の耳には、太一郎さんが耳かきつっこんでいたところで――ひえっ。本当、まかりまちがえば大惨事。

「伸之！　ね、どうしよう太一郎さん。伸之死んじゃう」

「死にゃしないよ」

太一郎さん、まりかちゃん無視して、あたしの方を向き。

「で、あんたの発見した爆弾っていうのは」

「ここ――この、コンソールの……どこにあるかは判んないんだけど、とにかく、あの桜木さんって人の乗ってる船を攻撃しようとしてスイッチいれたら、その刺激で爆発するところだと思うわ」

そうじゃなきゃ、桜木さんが、しばっても何もしていないあたし達にむかって、〃レーダーのぞいてみな。もう、可視領域まで来てる〃だなんて、言う筈がないもの。可視領域に来てるってことは、こっちから攻撃がしかけられるってことで――それを、むこうから明示するのは、ひとえに――攻撃しようとした時が、こちらの最期だってことを、意味していると思う。

「ふふん。俺もそう思う」

太一郎さん、しばらくコンソールを睨みつけ。それから、おもむろに自分の右のてのひらを見つめた。右のてのひら――まっ赤な、血にまみれた、何やら複雑な機械。

「やばいんだよね、凄まじく」

「え？」

「これ、分解できないんだ。ここに四本線が走ってるだろ。このうち三本がダミーなの。正解の一本を切断すれば、これ、楽に分解できるんだが――残りの三本のうちどれか一つにでも傷つけたら、どっかーん」

「そんな……」

「まともな設備があれば、ダミー・テストもできるんだが……ここじゃ無理だな」

「で……どうするの」

「これは、そんなに問題ないんだ。客室の一つにでもつっこんでおけば、その客室の内装が台無しになる程度の爆弾だから」

「伸之！　伸之！」

まりかちゃんの叫び声が、背に聞こえる。

「ただ……こっちにある、メインの方の爆弾はね。ちょっと待ってな、とりあえず見てみるから」

コンソール・ボックス自体の分解はじめたわよ、この人！

「で……あゆみ、あんたはとりあえず、まりかちゃんおちつかせてくれ。うしろでのべつ幕なしに悲鳴あげられてたんじゃ、やりにくくてかなわん。……いざとなったら、ひっぱたいてもいいよ」

「だって……なら」

なら。そんなに心配することはないんなら。ちゃんと理をわけて説明してあげればいいのに。

「いいんだ、おしおきなんだから」

「伸之！　ねえったら伸之！」

叫び続けているまりかちゃんには、太一郎さんの声、聞こえないみたい。

「おしおき?」

「そう。あの子に、自分の企てたことが——誘拐が、一歩間違えばどれ程悲惨なことになるか、たたきこんどいてもいい筈だ。それに……正直いって、こっちの爆弾が何とかならなきゃ、これ、充分悲惨なことになるぜ」

「う……ん」

てんで、まりかちゃんの方をむき。

「ね、まりかちゃん、落ちついて」

伸之君の耳。たらたら血が流れてる。

「落ちついてなんかいられないわよ!」

猛然と、まりかちゃん、叫んで。

「放っといたら伸之死んじゃう! 前にね、ショウの時、ころんで舞台からまっさかさまに客席におっこっちゃったモデルがいたの。今の伸之みたいに耳から血を流して……お医者様がとんできてね、頭蓋底骨折だから一刻をあらそうって言ったの。すぐに手術しないと死んじゃうって!」

頭蓋底骨折!? 頭蓋底——そんなとこを、骨折しちゃったら。

頭蓋内出血、脳挫傷、頭蓋内血腫形成、脳圧迫。

保健の授業でやった気がする。頭蓋底骨折は何はさておき救急車なのだ。

「伸之！　ねえったら、伸之！」

必死になって伸之君ゆすっているまりかちゃん。冗談じゃ――ゆすっちゃいけない。かといって、あたしにてあてができる訳が……。

「た」

太一郎さん。言おうと思ってやめる。

今、太一郎さんは必死になって爆弾の処理をしようとしている筈で――たしかに、頭蓋底骨折なら、伸之君は一刻一秒をあらそうのだが、爆弾は、もっと露骨に一刻一秒をあらそうのではなかろうか。この状態では救急車なんて呼べないし――大体。

太一郎さん、言った筈。〃死にゃしないよ〃。仮にも彼が、頭蓋底骨折をみて、死にゃしないよ、という訳はないだろうから……。

「落ちついて、まりかちゃん」

そっとまりかちゃんの肩たたいて、あたし自身も深呼吸。頭蓋底骨折以外で、これだけ血がでるとすると……あ。他からの、出血が、ないや。

頭蓋底骨折なら（頭の中で出血した血液が、耳や鼻からでてきて――で、頭蓋底骨折では、耳、鼻等から出血する、って言われているんだから）出血するのが右の耳だけっていうのは、おかしいんじゃなかろうか。ま、骨折した場所にもよるけれど、伸之君は頭の左側キャプテンさんとごっつんこしたんだし、特にこの場合、左耳を下にしているんだもの。両耳や鼻から出血があってもいいのではなかろうか。

大体。頭にそんなショックがあったとは、思えない。床にぶつかったキャプテンさんの頭が、いきおい余って床すべってぶつかっただけなんだから。とすると、あの、血まみれの爆弾。やだ、太一郎さん、外科手術なしで、外耳のどこかに埋めこんであった爆弾とマイクロフォン、暴力的にほじくり返しちゃったのよ。体の中に埋めてあったものを。メスみたいにするどい刃物じゃなくて、単に先がとがっただけのものでほじくり返したら――そりゃ、出血するわよ。まして、耳。何だかんだで血管が一杯ある筈。

とすると、これって単に――ま、単に、という言い方は何でしょうが、命にかかわるってことに較べれば、単に――耳がはれてしまうかもしれない、とか、外耳炎エトセトラをおこしやすくなる、とか、その程度の問題であって――一刻をあらそうような怪我ではないのだ。

「落ちついて」

軽く、ぱしっ。右手でまりかちゃんのほおをたたく。

「いーい、今はあなたがヒステリックになっても、得るところは一つもないの。太一郎さんは、今、爆弾何とかしようとしているわ。爆弾は――爆弾こそは、放っておけば、必ずあたし達全員死ぬのよ」

「そんな、理屈だけでわりきれるものですか!」

「まりかちゃん」

もう一回、右手でまりかちゃんのほおを、軽くたたく。

「最初に理屈で割りきれない行動をおこしたのは、あなたの方なんだから。あなた――自分がスペース・ジャックした時は、すべての人があなたの言うとおりにするのあたり前だって思ったでしょう。なのに、自分が被害者になったら、今度は被害者の言うことをすべての人が聞くのはあたり前だって思ってる訳じゃないでしょう。まさか」

「………」

「スペース・ジャックっていうのはね、のっとられた船にのっている人が、病院へ行きたいっていっても、行けないものなのよ」

「でも……」

「でも、何?」

「あたしは……」

「あたしは、何?」

「少なくとも、そういうスペース・ジャックしなかったと思ってる」

「どうして判るの」

かなり意地が悪いな。そう思いながらも、こう言ってしまう。

「セレス五号に、肉親が危篤《きとく》で、とにかくあせっていた人が、いたかも知れない。あせってあせってしかたなくても、船がセレスにつくってアナウンスがなかなかなければ、素直に遅れてるんだって思って、黙って待ってた人が、いたかも知れない」

「…………」

「あるいは、一人部屋で、唐突に急性の病気になる人がでたかも知れない。急性の病気で――必死に痛みをこらえながら、ただただ黙って、船がセレスにつくのを、待っていた人が、いたかも知れない。……仮に今回、とっても運よく、そういう人がいなかったとして、ね、次回は――ううん、いつに限らず、いつだって、そういう病人がでる可能性はあるのよね」

こころなしか、まりかちゃん、しゅんとうつむいて。それから。ゆっくりと顔をあげ、あたしを見すえて。

「でも……ううん、でもじゃなくて、あたし勝手だろうと思う。あたしが勝手だってことは認める。でも――あたしが勝手だからって、伸之を死なせちゃう訳にはいかないもん。そんなことって……しちゃ、いけないもん」

いいなあ、この目。あまりに表情が豊かすぎる瞳。

「で？　とするとこの場合、どうするのがいいと思う？」

あたし、ゆっくりこう聞く。まりかちゃん、一回目を閉じて、またひらき。

「……おとなしく、爆弾とりはずされるの、待つ。でもって……何とかすぐに伸之を病院いれて――で」

中空を睨みつける。

「あの二人、たたき殺してやる」

人間が、本気になると、十四歳、とか、女の子って要素、まったく関係なくなるのよね。まりかちゃん、凄い迫力。

あたし、ぽん、と彼女の頭の上に手をおいた。くしゃ。髪の毛、つかんで。太一郎さんの癖。判った。この癖って……相手が、とってもいじらしく思えて仕方のない時にでるんだ。

「あのね、まりかちゃん……大丈夫」

「え？」

「頭蓋底骨折だなんて、余程ひどく頭うたなきゃ、まず、そんな事態にならないわよ。それに、伸之君が頭蓋底骨折おこす程ひどくキャプテンさんの頭にぶつかったとしたら、キャプテンさんの方がまず、おかしくなってるわよ」

キャプテンさん、うー、なんてうめきつつ、まだ床にねそべったまま、無意識に自分の頭なぜてる。

「それも……そうだけど……でも、お医者様が言ったのよ。耳から血がでるってことは、脳の中の血管が」

「それって、頭うって耳から血がでた時でしょ」

「伸之だって頭うって……」

「頭、ほんのちょっとうっただけで、主にあれ、外耳からの出血だと思う。太一郎さん……耳かきで、外耳にうめこんであった爆弾、ほじくり返しちゃったんだから」

「あ……そうか。あ……ええ、そうね」

まりかちゃん、半ば気が抜けたようにぼんやりとこう呟き――あやうく、その場にすわりこんでしまいそうになる。それから、あたしの方むいて、ぷっとふくれ面作って。

「あゆみお姉さん、それ、最初っから判ってたの」

「うん」

答えながら思う。かっわい。

「じゃ、何でそういう風に教えてくれなかったの」

拗ねてる。

「だって、まりかちゃんの方が、あたしの話を聞こうっていう態勢じゃなかったんだもん。それにね、これにこりたら、もうこんなこと、しちゃだめよ」

「うん」

とっても素直にまりかちゃん答えて。それから軽く舌をだす。

「じゃ、あの二人、たたき殺すの、よそう。たたきのめす、くらいでやめとこう」

「うんって言った舌の根もかわかないうちにまたそんなこと言って」

「だって……今度のはこのスペース・ジャックの一部だもん。あの二人たたきのめして、で、このスペース・ジャックおわりよ。ねえそうするべきだと思わない、あゆみお姉さん」

「うふ」

あたし、ちょっと笑う。

「だって、あの二人を警察にまかせるなんて気に、絶対ならないもの」

「先刻から〝だって〟ばっかりね」

「だってそう思うんだもん！　お姉さんそう思わない？」

レイディとか、麻子さんとかが、あたしとしゃべる時、いっつもお姉さん風の口調になってしまう訳が、判った。こんな——こんだけ一途で莫迦でおさなくて無鉄砲で次になにやりだすか判んない女の子としゃべっていたら、嫌でもそうなっちゃう。

とはいえ。そういつまでも、あたし、猫かぶってる訳に、いかないんだ。

だって。あたしだって（今は、まりかちゃんを落ち着かせようって目的上、おだやかに話してたけど）相当かりかりきてるのよね。男の子の深層意識にはたらきかけて、で、自分は手を汚さずに罪を犯すっていう、やり口の汚さにまず我慢できない。ついで、人の耳の中にマイクロフォンしかけるやり口も、許しがたく思う。も一つおまけに、用済みになった男の子の頭ふきとばそうとは、一体何たる無茶苦茶さ。

もっ、もう、ぶちのめす、じゃなくて、しばきたおしてやりたい。

「そう思う……わ」

そう思う。自分でこう言って、この台詞を耳で聞くと。何か、むらむらそう思えてきた。すさまじくそう思えてきた。何が何でもとにかくそう思えてきた。

「そう思う……そうよ！　自分の手を汚してやったんならともかく、人にこんなことやらせようなんて男、許せる筈がないじゃないの！　大体、全部人のせいにして、自分はあくまで表にあらわれないだなんて、実に可愛気がないったらありゃしない！」

どん。思わず床たたく。と、床が、数センチ、へこんだ。

「そうよ。も、もう本気で、すっさまじく怒ってるんだから！　とっつかまえて、首しめて、あばらの二、三本たたき折って、股間けりあげるぐらいのことしなきゃおさまりがつかないわよ！」

「お……お姉さん？」

まりかちゃん、唐突に変わってしまったあたしの様子に、ちょっと驚いているみたい。でも、何か徐々にあたしの興奮がまりかちゃんにのりうつったみたいで。

「そ……そうよね、お姉さん！」

「そうよ、まりかちゃん！」

「絶対にあいつら、おっかけてつかまえて、ひっぱたいてかみついて」

「けとばしてはりたおして、つねってぶんなぐってやりましょうね！」

あたしとまりかちゃん、お互いに手をとりあって。と。

「……女の子二人して、そんなおそろしい決意表明しないでくれよ」

太一郎さんが、のんびりと声かけた。

「太一郎さん、爆弾は?」

「駄目」

肩すくめて。

「これもダミーがついてんの。どれ切断していいか判らない。……で、お二人の希望にそうことにしたよ。ここ、逃げだして、あの二人おっかけよう。この船は……時間がくれば爆発するだろうけれど、それの請求書は、事務所じゃなくてあの犯人の方へ行くだろうから……今回は水沢さんに怒られずに済むな」

「あ、でも、ちょっとまって」

おっかけてつかまえてひっぱたいてかみついて。そんなリフレインが駆けまわっている心の中で、あたし、かろうじて理性をとりもどし、聞く。

「脱出艇、あるのかな」

船に事故がおこった時の小型脱出艇。あれだけ細かいところに気がまわる連中なんだから、当然、小型脱出艇にも気をつけると思うんだ。あたしが犯人なら、あれ、全部壊してから逃げるわ。

「多分、全部壊れてると思う。ただ、この船にはもう一つ、別口の脱出艇がくっついてるからね」

「別口の……脱出艇？」

「そう。魔の化け猫脱出艇」

PART Ⅷ

神様……お願い

あたし達の乗ってきた、小型宇宙艇。これは確かに盲点だったらしく、犯人達もこれには気がつかなかったようだった。（ま、本当いうと、こんなところにあるべきものじゃないんだから、気がつかなくても無理はないけど。）

まず、非常用のコックピットまで、近藤夫妻とキャプテンさんと伸之君とレーダー係さん、運んだ。途中で正気にもどったキャプテンさんとレーダー係さんに手伝ってもらい、連中に宇宙服着せ、船にのせ。気がついた伸之君は、耳おさえてうめきながらも、あたし達が近藤夫妻はこんでいる間に、ヴィヴがはいったバスケット持ってきて。

ただ。この船は、正確には四人用なのだ。四人用の小型艇に八人つむと――ま、はいらないことはなかったけれど――きつい。余りに、きつい！

「だいぶ遠ざかっちまったなあ」

レーダー見ながら、太一郎さん。

「普通の速度でとぶとしたら、三十分くらいの差はあるぜ」

「大丈夫……おいつく？」

耳がひたすらずきずきすると訴える、伸之君の頭を、かなり不自然な方法でひざまくらし、さすってあげながら、まりかちゃんが聞く。

「ま、まかしときなさいよ。スピード違反の銀河系記録持つ男の操縦、味わわせてやるから」

☆

他の時はともかく。四人乗りの宇宙艇に、八人と猫一匹ヴィヴ一匹乗っている状態の時は。決して、銀河系のスピード違反記録を持っている男の船に乗ってはいけない。

あたし、それをしみじみ納得した。

判るわよ、それは。今、すっさまじいスピードでおいかけないと、あの二人においつけないってことは。

また、ここは小惑星帯近辺で、あの二人は小惑星帯の内側めざして飛んでいるから、必然的に障害物が多くなり、小惑星だの隕石だの宇宙塵だののを避けつつ飛べば、嫌でも操縦は荒っぽくなるって。

けど、それにしても。

太一郎さんが操縦桿《かん》をちょっと動かすごとに、船中から悲鳴があがっていた。

のべつ幕なしに、あっちこっちに頭がぶつかったり肩がぶつかったりするもので、おちおち気絶もしておれず、近藤夫妻も正気にもどってしまったし——えーい、バタカップ！　この子、火星に帰ったら、しばらく無重力状態の中に放りこんでやろうかな。

喜んじゃって、喜んじゃって、誰かれかまわず手近の人にじゃれついて——ひたすら、およその人にひっかききずを作っていた。

と。船が。今までのは前ぶれにすぎないって感じの、おそろしいいきおいで旋回した。

「ちょっと、太一郎さん！」

あたし、どなる。

一声どなって——すぐ事情を察し——かたずをのんで、太一郎さん見守る。

スクリーンをみつめる太一郎さん。前髪がひたいの上でおどる。平生は割と細い瞳が、かなり大きくひらかれる。

「ほら来た」

スクリーンの中央には。割と大きな船がうつっていた。その船が、たった今、あたし達の乗っている小型宇宙艇に攻撃をしかけてきて、かろうじて太一郎さんがよけたとこ。

「あいつら」

キャプテンさんが、歯がみしてる。

「可愛気のない連中だな。人の船からとってゆくなら、せめて小型の脱出艇か何かにすればまだ許せるのに。よりによって、人の船、三分の一かっぱらいやがって……」

「人の船、三分の一？」

「あれ、セレス五号のうしろ三分の一ですよ。セレス五号は、中型宇宙船と小型宇宙船を連結させて作った、臨時の大型宇宙船なんです」

「とすると、あの船……」

「完全に、小型の定期宇宙船としての機能を持ってます。……あ、そうか。脱出艇では、攻撃の類の設備がないから、人の船のうしろ三分の一、のっとってったのか」

いいなあ、広いスペース。

同じ小型、といっても、小型宇宙艇と小型定期宇宙船じゃ、サイズが全然違うもんね。

あっちは百人くらいゆったり収容できるんだ。百人分のスペースに二人。四人分のスペースに八人と二匹。

あたしの髪の毛にじゃれだしたバタカップの首をつかむ。

「いーい、バタカップ。少しおとなしくしてらっしゃい。あっちの船にのりうつれたら、一部屋分くらいの広いスペースで、ゆっくり遊ばせてあげるから」

「それにスペースの問題だけじゃないんだ」

苦虫をかみつぶした表情の、太一郎さん。

「あっちには、ある程度攻撃用の設備があって、こっちには攻撃手段が、まるでない」

また、必死の思いで、相手の攻撃、さける、と。

「なんですって！」

おっそろしいいきおいで、近藤譲氏がうしろから太一郎さんの首をつかんでゆすぶった。

「こっちには攻撃手段がない⁉」

「そ……そう、そう、そうだからじいさん、ゆすらんでくれ」

太一郎さん、首がくがくさせながら、必死になって操縦桿握る。

「で、あなたはどうしようっていうんです！」

「どうしようって？」

「ひき返して下さい！　ひき返しなさい！　ひき返せ！　すぐ‼」

がたがたがた。近藤氏が太一郎さんゆするもので、そのたび船もがたがたゆれる。

「何だってそんな危険なところに」

「俺だって、よもやむこうがあんな大きくて設備のととのった船に乗っているとは思わなかったんだよ！　あの連中が、普通の脱出艇にのってれば、フィフティ・フィフティだった筈だ！」

「パパ！　やめて！」

まりかちゃん、必死に近藤氏の手にしがみつく。

「パパ！　あんまりだらしない――あんまりにも、男らしくないわよ！　あの連中は、パパとママを人質にして、おまけに何の関係もない人を爆弾でふっとばそうとしたのよ！」

「そんな危険な連中に」

「危険って、パパ、口惜しくないの、そこまでなめられて。パパの手で、あの男達をたたきのめしてやりたいと思わないの？　そんなのって……そんなのって、だらしなさすぎるわよ」

「駄目だ！　どんなにののしられようが莫迦にされようが、とにかく逃げるんだ！　まりかとゆりかを安全な場所におくまでは、たとえ一パーセントでも危険のあるところに行くんじゃない！」

「パパ！　あたしなら平気だから！」

「何言ってるんだ！」

ばしっ。近藤譲氏、まりかちゃんをひっぱたく。まりかちゃんをひっぱたこうとした為、近藤氏の手が太一郎さんの首をはなれ、ようやく太一郎さん、体勢をたてなおす。

「おまえはまだほんの子供の癖に！　何言ってるんだ！　おまえは……おまえは！」

涙ぐんでる、近藤氏。

「おまえが怪我でもしてみろ！　間違っておまえが大怪我でもしてみろ！　私は一体、今まで何の為に休日も家族の許にかえらず、必死に仕事をしてきたんだ！」

「え？」

「おまえが将来、どんな男を好きになっても、決して身分違いなんて言われないように……おまえに将来何があっても、充分楽に暮らせるように……それだけの為に、それだけを夢みて、私は今まで働いてきたんだぞ！　こ……ここで、こんなところで、そんな危険な連中を追いかけたせいで、万一おまえが死んでしまったら、私が今までやってきたことはどうなるんだ！」

「お願い、逃げて」

ゆりか夫人も涙ながらに訴える。

「まりかに、もし、万一のことがあったら……もし……」

「五十すぎてはじめてできた、たった一人の娘なんだ！　たった一人の！　逃げろ！　逃げるんだ！」

太一郎さんは、何も言わずひたすら操縦桿を握っている。

「おい、聞こえないのか？　頼む、逃げてくれ」

「えーい、うるさい男だな。いいか、一回しか言わないからよく聞いとけ。ここまで来たら無理なんだ。今ここで、のんびりUターンなんかしてたら、確実に格好の的になっちまう。それから、うしろでごちゃごちゃ言うと、それだけ俺の気が散って……うわお」

ぎりぎりで、また、相手の攻撃よける。余程ぎりぎりだったらしく、衝撃波があたりを走る。

「こういう状態で気が散ると、ただでさえ危ないのが余計危なくなるんだ！　おい、あゆみちゃん、何とかしてくれ」

「ＯＫ」

あたし、またもや太一郎さんにつかみかかろうとした、近藤譲氏の手をつかむ。

「駄目よ。今、ドライバーの注意そらす方が、余程危ないんだから」

「だが」

あくまで文句言いたそうな近藤氏をひと睨みする。

「この場合、もう他に仕方がないんだから、この人を信じなさいよ」

「信じろって言ったって」

「いいから信じなさい！　あなたも、まともな大人なら判るでしょ、この人、この仕事のプロよ」

「プロだって失敗することは」

「勿論あるかも知れない。でも、あなたが――近藤さん、あくまでこういうことに関してアマチュアのあなたが言うとおりにするのと、この道のプロが言うとおりにするのとじゃ、全然、助かる確率が違うでしょ！」

「そんなこと言ったたって」

駄目だ、通じない。

えーい、今、宇宙船を真剣になって操縦している人の背でごちゃごちゃ言うのがどれ程危険なことか判ってないんだ、この人。そうよね、つまりこの人は毛皮屋さんで、星間連絡船のドライバーでもなきゃ、宇宙船レースのレーサーでもないんだから……。毛皮屋さん。ということは。

「あなただって、毛皮会社の運営についてはプロの自分がやっても危ないような時に、マーケットリサーチもしたことがなきゃ、原価やプロセスも知らない、販売方法は何も知らないような男に、会社まかせる気になる？ たとえ、今、会社が倒産の寸前で、会社が倒産すればその男の娘が死ぬことが判っていたとして」

この台詞は、少し、きいたみたい。一瞬、近藤氏、鼻白む。あたし、続けて。

「今のあなたがそうよ！ たしかにこの会社――この船は――倒産寸前かも知れない。下手すりゃ、撃たれて宇宙の藻屑《もくず》よ。でも、それを何とかふせごうとして、プロが必死になっている時に――何でそれのうしろで、アマチュアが邪魔すんのよ！」

黙ってしまう近藤氏。と、太一郎さんが。

「いそいでシートベルト、しめろ！ それからあゆみ、全員にオキシ・ピルのませて。……つっこむぜ！」

つっこむ――うわっ！

音にならない音。声にならない声。それを見ても、現実認識ができないイメージ。

一瞬、視界からすべてのものが遠ざかった。

聴覚も一瞬、ちょっとおかしくなったみたいで。

何とか敵の攻撃をさけつつ、太一郎さん、小型宇宙艇ごと、相手の宇宙船の中につっこんだのだ——。

☆

「呆けてる暇ない！　すぐ正気にもどれ！」

ほっぺた二、三発ひっぱたかれて気がつく。ここは——相手の船の倉庫。セレス五号の乗客の物とおぼしい、大きなスーツケースやボストンバッグが散乱している。散乱——今、あたし達がつっこんだせいね。それまでは、整然とつまれていたのであろうボストンバッグが、崩れ、あっちこっちに散らばっていた。

「よかったよ、この船が、完全自動制御で」

あたし達の乗ってきた小型宇宙艇が船腹にあけた穴。それはもう、殆どふさがりかけている。壁の両脇から特殊合成樹脂がにじみでて。

「ここ……酸素とか、空気は？」

「充分」

「とすると、この連中」

おりかさなって、小型宇宙艇の中で気絶している、まりかちゃん、伸之君、キャプテンさん、レーダー係さん、近藤夫妻を指す。

「ああ。ひっぱりだしてくれ」

「OK」

まず、一番手近なところにまりかちゃんをひっぱりだす。その時、つい、まりかちゃんにひざまくらしてもらっていた伸之君の存在を忘れ、伸之君は頭をてひどく床にぶつけ、正気に戻り、ヴィヴの箱かかえて自発的にでてきてくれた。それから近藤譲氏をひっぱりだし、そうこうしている間にキャプテンさんとレーダー係さんが正気にもどり、みんなしてゆりか夫人をひっぱりだす。バタカップは一人元気で、みゃおって鳴きながらでてきた。

「ゆりかさん！」

太一郎さんが軽く相手をひっぱたくと、ゆりか夫人気づいて。

OK、これで全員、正気になった。

「俺とあゆみちゃんとキャプテンさんとレーダー係さんが、あの二人を何とかしに行きます。残りの連中は、どこか適当な客室にかくれて、そこでじっとしてて下さい——俺から、万事OKってアナウンスがはいるまで。OK？」

「やん！　あたし、行く！」

叫ぶまりかちゃんを、近藤氏、無理矢理おさえる。

「俺のアナウンスがはいるまでは、誰がノックしようと、決してドアをあけないで下さい。万一、敵がレイ・ガン等でドアを焼ききろうとしたら……その時は正当防衛なのだから、相手殺してもいいです」

相手殺してもいい。その言葉聞いて、一瞬びくっとする近藤氏。その近藤氏に、小型宇宙艇につんできた麻酔銃渡して。

「いいですか、近藤さん。あなたが責任者なんですよ。あなたの力で御家族を守って下さい」

「あ……はい」

近藤氏、おそるおそる麻酔銃うけとる。その様子だと……この人、これが麻酔銃であるってことも知らないいんじゃないかしら。何に限らず、銃にさわったこともないみたい……あたしより、ひどいや。

「じゃ、頼みましたよ、近藤さん。……いくぜ、あゆみちゃん」

「あ……はい」

ちょっと不安だなあ。そう思いながらも、慌てて太一郎さんのあとを追って走りだす。ワンテンポ遅れて、キャプテンさんとレーダー係さん。

「まずキャプテン、この船の操縦室は?」

「ここまっすぐ行って、次の角を」

キャプテンさん、廊下に出ると、先頭きって走りだした。先頭きって走って角をまがり。

「ぐわっ」

急に叫んでその場に倒れた。……へ？

「とまれ、あゆみ！」

太一郎さん、慌ててあたしとレーダー係さんの腕、つかんで。え、え、何？　レイ・ガンだの麻酔銃だの、そういう類のものが発射された気配って、全然なかったわよ。いくら消音器つけてたって、気配くらいは。

「……無茶苦茶古典的……風門だ」

「え？　かざ……」

「かざかんぬき。あんた、もうちょっと日本の古典——っていうのかな、忍者物か何か読んでみなさいよ、よく出てくるから」

「へ？　忍者って、頭の上に木の葉のっけてひっくり返ると」

「きつねと違うよ。あのね、たとえば木立の木と木の間なんかに——ま、この場合はドアのノブとノブの間だが——細い線、はっとく訳。それも、丈夫で切れ味のいいのなんかをね。で。人が——特に馬にのった人かなんかが、猛スピードで走ってきてそれにひっかかる、と。と、切れちまうんだよ。胴をすっぱり、とか。刃物にむかって、自分から全力で切られにゆくようなものなんだから」

あ。そういえば。キャプテンさんの胴がちょうどひっかかったであろうあたりに、細い、きらって輝くものがある。

「危なかったな……ピアノ線だったら、キャプテン、死んでるとこだ」

「あ、キャプテンさんの容体！」

「大丈夫……だと思う。とりあえずは。これ、そんな危ない糸じゃないから。さすがに、ピアノ線用意する程、用意周到じゃなかったんだ、むこうも」

太一郎さん、風門をくぐりぬける。あたしもそれに続いて。

「この先……大丈夫よね？　よもや、足でふむとやりがとびだしてくるタイルとか、床十センチ上にレーザー光線がとびかっている地帯とか……」

「それは映画の見すぎ。これ、お化け屋敷じゃないんだから。いくら何だって、そんな細工している暇はないだろう。むしろ、風門しかけられてたのが不思議だ」

そう。あたし達が、この船につっこんでから今まで、十分はたっていないだろう。よもや、あたし達がつっこんでくる前に、ふみこまれることを予想してしかけ作っといた訳はないんだから……。

あとで、つくづく、悔やんだ。この時、あたし達もっと、ここに風門がしかけられている意味を、考えればよかったのだ――。

★

「……いないね、見事に」

操縦室まで来て。操縦室はもぬけのからだったし、そこに至るまでの通路、人の気配は全然、なかった。風門等、何か細工したってあとも、まるで見られなかったし。

「運が……良かったのかしら、ね」

あたし、太一郎さんに聞く。

「へ？」

「あの……風門っていったっけ、ああいうしかけに、あのあと全然でくわさなかったじゃない。余程運のいい道、選んだのかな」

「いや……こう来るのがここへの最短距離なんだから……運がいいってことはなかったと思うぜ」

太一郎さん、こう答えてから、ふいに顔色がかわる。

「最短距離……。ということは、ここへ来る道すがら、あれ以外には特にしかけはなかったってことで……やばっ」

「な……どうしたの」

走り出す太一郎さんの背中を、あたしとレーダー係さん、しかたなしに追う。

「あれ……あの風門だけが、あいつらのしかけた罠だったんだ」

「う……うん。それが？」

走りながら聞くから、息がきれてる。

「確かに、時間的にいったら、あいつらが罠しかけられる時間って、それくらいの間だったと思う。じゃ……何で、あいつらは、そんな罠しかけたんだ？」

「さあ……その方が逃げやすいとか」

「逃げるって、どこへ」

どこへ。そう……そうだ！　宇宙船の中では、どこにも逃げようがないんだ！　宇宙船。空にうかぶ、巨大な密室。

「あの連中が逃げようと思ったら――俺たちののってた船、のっとって逃げるしかないだろ！」

「うん」

でも。それと風門と、太一郎さんがあせっているってことの間に、一体どんな因果関係が……。

「レーダーがあるんだから――俺達ののっていた船の位置とか、入射角とか、計算して、ある程度、俺達がどのへんにつっこむか、あの連中、判ってた筈だろ！　で――俺達があの連中をおいつめる為に操縦室に駆けこむのと、あの連中が俺達ののってきた船かっぱらう為に俺達がつっこんだところへ駆けこむのと——普通の状態なら、すれ違う筈なんだ。でも、今回は、すれ違う訳にはいかなかった」

そりゃそうよ。すれ違ったらあたし達、操縦室いくのやめて、その場であの二人ととっくみあうもの。

「すれ違えば、あの連中は落ち着いて俺たちののってた船をのっとれる。が——すれ違わなかったら。あの連中、俺達がまだあの倉庫にいるのか、それとも操縦室めざしてつっ走ってんのか、判んないだろ。で、風門を——あの風門は、呼ぶ子なんだ！」

……納得！

あの、風門。ドアのノブとノブの間に、渡してあった。あの二人が、どちらかのドアの内側にかくれ、ノブを握っていたら。人が、あの風門にひっかかった手応えが判るだろう。で、あの連中は、あたし達がさらに廊下をむこうへ行ってしまうだけの時間を計り、ドアから出、あたし達ののってきた船にのる。これなら、どこかでばったりでくわす危険性もなく——楽にすれ違える。とすると、あの二人はすでに逃げて——あ！　まりかちゃん！

あたし達、二手にわかれたのだった。あたしと太一郎さん達のグループと、近藤一家のグループと。で——あたし達は、近藤一家のグループを倉庫においてこっちへ駆けてきたので——。

近藤譲氏。今まで、一度も銃にふれたことがないような、あの手つき。あれを思いだすと、体の内に悪寒が走った。あの手つきの近藤譲氏が、近藤一家を先導して、よその船室へ移ろうとする。風門の位置から考えると、時間的にちょうどそこへ、あの二人が出喰わすことになり

――うー、考えたくもない！

「こんなことなら二手にわけなきゃよかった」

唇をかむ、太一郎さん。

「まりかちゃんとゆりか夫人を現場からはなそうと思ったんだが……最悪だ」

どうか、神様。

思わず、いのっていた。

神様、お願い。あの人達を――死なせないで。何故なら神様、まりかちゃんは二年前のあたしだからです。二年前の、家出した当時のあたし。今は、たとえ無鉄砲でも、たとえ大勢というものを理解していなくても、たとえ世の中というものを理解していなくても。いずれ――二年のちには、あたし程度には成長する筈です。

二年前のあたしは。あの〝星へ行く船〟事件で太一郎さんにであった。あんな――辺境の星に、甘い考えででかけて――運が悪ければ、殺されていても、夜の女として売られていても、文句言えないような無鉄砲なあたしが――今は、まともな会社につとめ、まともな生活をしています。それは、たしかに、あたしの運がよかったからかも知れない。でも――神様。あたしの運は、よかったんです。だから、あたしと同じくらい莫迦なまりかちゃんの運も、よくして

あげて下さい。

神様が、もし、全人類の願いをききとどけるなら。今時、不幸な人は一人もいなくなってるわよ。

そう、心の一部がささやいた。でも、あたし、強いてその思いをうち消して。

神様、お願い。

★

「…………」

ストップ。たとえ、彼が一言も口にしなくても——その表情だけで、あたし、判った。ストップ。慌ててレーダー係さんの腕をつかみ、人差し指を一本たてて、しいっというジェスチャーをしてみる。レーダー係さん、怪訝《けげん》そうな顔してとまる。

「……やばいな」

聞こえるか——聞こえないか。そんな程度の太一郎さんの声。

廊下のまがり角だった。例の風門があり、キャプテンさんがたおれている角。その角のむこう側に、あたし達のつっこんだ倉庫がある。

「よおし、いい子だ」

桜木氏の声が、聞こえた。

「ほら、そっちの坊やも、ゆりか夫人の真似しな。そう……両手をうしろにまわして」

それから、がちゃがちゃという、機械をいじっているような音。あの連中——一体全体、何やってるんだろう。

「……駄目だ」

ぼそっと、今まで聞いたことがないような声が聞こえた。今まで聞いたことのない——とするとこの声、伊東さん。

「あの男、相当無鉄砲にこの船につっこんだらしい。この船——とにかくまるでいかれちまってる」

「何とかならないのか」

再び、がちゃがちゃって音。

「何とも——本格的に修理すれば、なおらないこともないかも知れない。だけど、なおるとは断言できない」

「……とりあえず、やってみてくれ」

「ああ」

で、また聞こえだす、がちゃがちゃって音。

「僕が」

ほとんど聞きとれない程の小声で、レーダー係さんが言った。

「廊下のあちら側にまわります。大丈夫、この船の構造については、あの連中より詳しいんだから」

「けど、あの連中が倉庫にいて、倉庫の中に人質がいることを考えると……とはいえ、まあ、やってみてくれ」

いささか歯切れ悪く太一郎さんが言い、レーダー係さん、抜きあしさしあし、今来た道を帰ってゆく。

「どうしたもんかなあ。足手まといが多すぎるんだよなあ」

太一郎さん、こう呟くと、そっぽむいて煙草くわえた。相当苛々《いらいら》ふかす。あたし、邪魔しちゃ悪いと思って、黙ってその横顔みてた。

連中は二人いる。

頭の中に、ぼんやりうかぶ言葉。

太一郎さんが、何とか気づかれずに倉庫へ近づき、桜木氏を倒したとする。でも、その間に、伊東氏がまりかちゃん達を殺すかも知れないし――レーダー係さんの腕は、バタカップの声だけであれだけ混乱したんだから、あんまりあてにはできないだろう。あたしの腕にいたっては、まるであてにできない。つまり、どう考えても、敵の方が一人多い。

おまけに。敵はレイ・ガンを持っていて、こちらは丸腰なのだ。麻酔銃は近藤氏が持っていただけの筈だし——ええい、人手不足。

所長が。麻子さんが。中谷君が。熊さんが。誰か、いて欲しい。誰か一人でもいれば——ずいぶん、こちらの精神状態も違うだろうに。

だれか一人。今更、呼ぶわけにもいかないし、呼んだって間にあいっこない。

呼んだって間にあいっこ——呼んでみようかな。あはん。そうだ、呼べる人がいる。頭の中で、もう一回復習。えーと……呼べる！

「あゆみ！」

ほとんど、声にならない太一郎さんの叫び。

「どこへ行く気だ」

「しっ。ちょっと、ここにいて。で……もし、ね、あの二人が人質つれて、この辺の部屋にはいろうとして——で、はいってあの二人の叫び声が聞こえたら……その時は、あたしの作戦が成功したんだから、太一郎さん、何とかしてね」

「おまえ、だって」

少しおろおろ。ま、無理ないんだ。あたし、廊下を、あの二人のいる倉庫の方へ進みだしているんだから。

あの二人だって、よもや、ずっと倉庫にいる訳にはいくまい。ま、あの船がなおれば別だけど——なおる訳、ない。もし、あの船がなおるのなら、太一郎さん、あの船に近藤一家と伸之君のせて、この船のレーダーの不可視領域をとばせておくだろう。そのくらいのことはする人なんだから。

で。あの船がなおらなかった場合。桜木氏と伊東氏は、どうするだろうか。倉庫にずっとかくれているっていうのは莫迦な話で——あたし達が、遠からず倉庫へもどってくるっていうの、決まりきったことなんだもん。それに、倉庫の扉は大きい。一度に三人、楽に通れる。とすると。あたしなら、ドアの小さい一般の客室にかくれるわね。あそこなら、ドアを通ってはいってくる人を、一人ひとりねらい撃てる。それに——これだけの客室のある船の、果たしてどの客室に敵がかくれているか、一度かくれちゃったらまず見つからないもの。

その、いちかばちかに、かけてみた訳。

「ま……いいや」

そろそろそろそろ。絶対足音をたてないようにすすんでいたあたしのうしろで、太一郎さん、本当に小さなため息と舌打ち。

「あんたには、何か作戦があって、それを詳しく話している暇がないんだろ」

うなずく。

「じゃ……信頼するから、気づかれないようにやってみな」

ん。深く深くうなずいて——で、また、そろそろ歩き始める。何とか、廊下おれて最初にあったドアのノブにたどりつき、それを右手で押すようにして開け、少し開けたまま、部屋の中にはいる。

ふ……ん。相当豪華な部屋だな。みるからに高そうなカーペット、ふんわりしたベッド、プラスティックじゃない、ちゃんとした木製の机と椅子。そして――ヴィジ・ホーン。

あたし、ヴィジ・ホーンの受像スイッチをいれた。

☆

十二回。右の壁ぞいにあった部屋、八つ。左の壁ぞいにあった部屋四つ。おのおの、すべての部屋のヴィジ・ホーンのスイッチいれて。(左の壁ぞいには、倉庫があったので、部屋数が少ないの。それにしても、ほんのわずかあいている倉庫のドアの前を通るのは、なかなかスリリングだった。)

廊下の逆端に達した頃には、そこでレーダー係さんが、少し青ざめた顔をして待っていてくれた。

「何……してるんです」

「うん、ちょっと」

なかなかややこしくて――特にヴィジ・ホーンを知らない人には説明できそうにない。で、これだけ言って、逆に聞く。

「この船、電話の交換台っていうのは」

「通信室にあります。けど」

「通信室、どこ?」

あんまりいりくんだところにあると、行きつける自信がないんだ。

「ここ、まっすぐ行って、そこの——最初の角、右にまがって、そのままずっとまっすぐ行くと、先刻の操縦室にでるんです。その操縦室の二つ手前の部屋がそうです。でも、一体全体何を」

……悪いんだけど、その質問に答えている時間、ない。あたし、手短に「ありがと」とだけ呟くと(あー、通信室が比較的簡単な場所にあってよかった)、初めはそっと、一つ角をまがってからは足音には気をつけながらも全力で走りだした。

★

電話の交換台、交換台。交換台。

一所懸命、探した。

この船の、客室からの電話、0発信なんだし、構造からいっても、この船内の電話、すべて一回交換台通る筈。そのメインの交換台——あ、あった。

とびつくようにして、番号をおす。いてね、いる筈よね。いないと怒っちゃうんだから。

コール三回。相手がでた。

「熊さん！」

叫んでしまう。思わず。

「熊さん！　熊さん！　熊さん！」

相手は三次元映像だ。判っていても、思わず熊さんの胸板、たたきそうになり。

「あ……あゆみちゃん？　君、どうしてここに……あ、ヴィジ・ホーンか。そうだった」

のほほんとした、熊さんの声。これ聞くと落ち着くのよね。

「事務所、今、熊さんだけ？」

「いや。中谷君もいますよ。かわろうか」

「あ、いいから。あの……そこに、何か、武器、ある？」

「中谷君。レイ・ガンあったかね」

おっそろしくのんびりと、熊さん、ふり返ってしゃべる。おっそろしくのんびり――でも。

何だ、どうしたって聞かれることを思うと、とっても早いのよね。そういう無駄なこと聞かれない分だけ。

「レイ・ガンが三つ、あるそうだけど……で、私達はどうしたらいいのかな」

信頼するから。

先刻の、太一郎さんの台詞。とっても嬉しく思い返していた。

熊さん。今、完全にあたしのこと信頼してるのよね。スペース・ジャックされた船に乗りこんだ筈のあたしから連絡がはいり――そしてあたしが悲惨な顔で頼みごとをする、それだけで、熊さん、充分察してくれたのだ。何があったかまでは無理でも、今、あたしが事情を説明している暇も、精神的ゆとりもないことを。で――何も言わず、まずあたしの頼んだことをしてくれる。

一体全体そっちはどうなっているんだ。一体全体、レイ・ガン何に使うんだ。

普通予期される台詞。こんなこと、言わなかったもんね。

レイ・ガンが三つあるそうだけど……で、私達はどうしたらいい？

「あのね、構えて」

「え？」

「レイ・ガン、構えて」

「こう……かね」

「そう。それから……中谷君にも、構えてもらって。ああ……あの、中谷君に、ヴィジ・ホーンの送信エリアにはいるように言って」

「こうか？」

唐突にレイ・ガン構えた中谷君、出現。

「で、二人共、もっと怖い顔して」

精一杯、眉根を寄せる熊さん。本当に殺気がにじみでてくるような表情をする中谷君。

「ＯＫ。で、男の人の声――ううん、それ以外でも、あたし以外の人の声が聞こえたら、すぐに、『動くと撃つぞ』って言って欲しいの。で、もし、他の人の声で、人質がどうのこうのって言われたら、『俺達は近藤一家なんてどうなってもいいんだ』って言って欲しいの。……了解？」

「……ＯＫ」

中谷君、少し不審そうに、でも表情を変えずに。

「で、いつまで俺達、こうしてればいいんだ？」

「あたしがいいって言うまで。手が疲れるでしょうけど、お願い」

こう言って。ありとあらゆる――宇宙船中の、客室に、この電話をつなぐ。

あの倉庫の前の部屋。全部、受像スイッチいれてきた。で、今、こうして、この船中にこの回線つなげば――受像スイッチがはいっている部屋、すべてと、このヴィジ・ホーンつながった筈。

言いかえよう。あたしが受像スイッチいれた部屋にはすべて、中谷君と熊さんの三次元映像が出現している筈。

これで。敵が、あせってくれれば。

敵が送信エリアにはいるまでは、中谷君達に敵の姿は見えないけれど、敵に中谷君達の姿は見える筈だ。(麻子さんに、あたしの姿は見えなくとも、あたしに麻子さんの姿が見えたように。)というより、人質が見えなければ、中谷君達、充分非情にふるまえるだろうし――ヴィジ・ホーンは、まだほとんど普及していないから、よもや犯人もこれが三次元映像だとは思うまい。

これで。犯人があせってくれれば。あるいは、運がよければ。ひょっとしたら。うまくゆくかも知れない。

PART IX

おっかけてつかまえて、
ひっぱたいてかみついて、
けとばしてはりたおして、
つねってぶんなぐって、
とにかくしばきたおすのよ！

操縦室の前を駆け抜ける。早く合流しなくちゃ。太一郎さん達と。

今の作業をする間――十分強、いや、ひょっとしたら十五分――あたし、むこうの現場と離れていたんだ。その間に、何か妙な動きがあったかも知れない。

何か妙な動き――あや⁉

「…………」

無言で、太一郎さんに抱きとめられる、抱きとめられる――ロマンティックなこと、想像しないでね。本当に単にとめられただけ。

何となれば。一つ角のむこう側では、連中が、どうやら移動を始めるところらしいから。

「……悪いな。結局、駄目だった」

バス……じゃない。何ていうのか、すごい声。（あ、勿論、テノールでもバリトンでもないのよ念の為。）もの凄く――おっそろしく、まるで地の底から聞こえてくるような、低い声で、伊東氏。（声楽をやってた友人が、昔、ドンバスって表現してたっけ。ドンバスの更に底つき抜けたような――とても人間の声とは思えぬ低い声。）

「ま……仕方ないな」

と、これは桜木氏。

「しかし……思いのほか、時間とったな」

「他は全部なおったんだ」

地の底の声の伊東氏。

「ただ、エア・コンディショナーが」

「エア・コンくらい」

「この狭い船だぜ。二人で乗ったとしても、エア・コンきかなきゃ一番手近の星につくまえにおだぶつだ。エア・コン――あ、いい直そう。酸素発生装置とパイプがおだぶつだ」

「一人なら?」

「運がよきゃ、助かるだろう——あくまで運がよければ。七十パーセントの確率で死ぬな」

「はん」

桜木氏、気障《きざ》に肩すくめた雰囲気。

「とすると」

「そろそろ、俺達が操縦室にもいなければ、あたりの他の部屋にもいないってことが判って、先発隊が帰ってくるかも知れない」

もうとっくに帰ってるわよ。そう思いかけて——納得。万一太一郎さんがいなくて、あの呼ぶ子のトリックに気がつかなければ——下手すればまだ、あの辺探しまわっているだろう。

「その辺の客室にたてこもるか」

「だな」

「で、敵は……一人一人、片づけていこう。三人まとまると——特に、あのやせっぽちの男が加わると大変だろうから——とりあえず、お化け屋敷のように、一人ずつ」

風門とか、その他いろいろ。妙なしかけを作って、あたし達を少しずつ切り崩してゆこう。そんな姿勢のうかがえる、桜木氏の台詞。この人って——本当に、陰険ね。

指で文字を書く。太一郎さんのてのひらに。お願い、一発で判ってね。

〃部屋の中には、ヴィジ・ホーンで中谷君と熊さんがいるの。あとはまかせた〃

細い目をくりっと見開いて、うなずく太一郎さん。あはっ、通じたんだ。あたし、ちょっと悪のりして。

〝信頼してるから〟

「おまえね」

太一郎さんは、あたしの耳のすぐ近くで――耳を軽くかむようにして、呟く。

「おまえが俺を信頼してなきゃ、誰が俺を信頼するんだ？」

★

そのあとのことは。主にもう、まりかちゃんが主役だった。

ばたん。桜木氏と伊東氏は、倉庫のななめすじむかいの部屋のドアをあけた。とたんにあがる悲鳴。

「え⁉」

これは、まりかちゃんの声。おそらく、部屋の中に見知らぬ男が二人いたんで、本能的にあげてしまった声。

「動くと撃つぞ」

もの凄く、ドスのきいた中谷君の声。この人も役者だわ。

「お、おまえは」

とり乱してるのは桜木氏。

なんて。本当はね。あたし、考えている暇なかった。

太一郎さんが、走りだす。まりかちゃんが、「え⁉」って声をあげようとして、息をのみこんだ瞬間から。つられてあたしも走りだす。そして、レーダー係さんも。

故に。

桜木氏が、のろまな声を出す頃には、あたし達、ドアに達していた。

「お、おまえは」

「あ、桜木」

伊東氏の叫び。

ぱしゅっ。ぱしゅっ。

二発、撃たれたレイ・ガン。

「このっこのっこのっ」

「あゆみ、左腕でなぐれっ!」

二つの声。

桜木氏と伊東氏は、太一郎さんの姿を発見するや否や、レイ・ガンを発射した。桜木氏は太一郎さんに、伊東氏は、中谷君に。

で。中谷君にむかって撃った光線は——当然のことながら、中谷君をそのまま素通りし、壁に穴をあけた。

太一郎さんは、撃たれることを覚悟していたらしく、伊東氏の『あ、桜木』って声がするや否や、床に転がっていた。転がりついでにあたしも転がして。桜木氏の撃ったレーザー・ビームは、一拍おくれて部屋になだれこんできたレーダー係さんの脇の壁をえぐった。

そして。

まりかちゃん——今まで、顔を憎しみでこわばらせていたまりかちゃんは、桜木氏のレイ・ガンが彼女から離れるや否や、有無を言わさず、手近にあったコーヒーポットで桜木氏の頭をぶんなぐりだした。それが、『このっこのっこのっ』。

また、伊東氏は、半狂乱になって——ヴィジ・ホーンを知らない、よもや、目の前にいる男が三次元の映像だとは思わない男にとって、撃たれても平然としている中谷君は、いわば理解の外だったのだろう——ひたすら、中谷君にむかって、レイ・ガンのひきがねをひき続けた。

半ば狂乱して——いや。完全に、狂気の表情となって。で、太一郎さんの命令聞いたあたしが、伊東氏をぶんなぐろうとする。伊東氏、反射的にレイ・ガンであたしの手を防ごうとして——

結果、レイ・ガンが折れた。

「あぶない、まりか！」

コーヒーポットで五発ぶんなぐられた桜木氏、レイ・ガンをまりかちゃんに向けて構えなおす。そのまりかちゃんを伸之君がつきとばす。つきとばされたまりかちゃん、桜木氏に激突、天井に大きな穴。

「……嘘だ……レイ・ガンが折れる筈は……」

いくら撃っても光線が通過してしまう中谷君と、レイ・ガンを折ってしまったあたしを等分にみつめめ、伊東氏、ぼそぼそうめく。それから急に。

「うわっわわわっわっわわっ」

やみくもに手足をふりまわす。地の底からひびくような、おっそろしく低い声とはうってかわった、えらくかん高い声。

「あ！　逃げた！」

まりかちゃんの声。その声と同時にまりかちゃん、走りだしている。見ると――伊東氏が半狂乱になった隙に、桜木氏、逃げだしちゃったみたい。それをまりかちゃん、おいかけて。

「やめて！　まりか！　怪我するわよ！」

「まりか！」

必死においすがってまりかちゃんとめようとしている伸之君とゆりか夫人。あたし（ごめん）その二人をおしのけて走りだす。

「太一郎さん、あとお願いっ！」

「お、お願いっておい」

太一郎さんもおしのけて、まりかちゃんと並び、桜木氏をおいかける。

「お姉さん、とめないで」

「誰がとめるもんですか。まだ残ってるもの」

「え？」

「おっかけてつかまえてひっぱたいてかみついて」

「そうよね。お姉さんっ！」

ひしっ。まりかちゃん、あたしの右手を握りしめ。

「けとばしてはりたおしてつねってぶんなぐって」

「とにかくしばきたおすのよっ！」

★

桜木氏、角をまがる。まがりしなにレイ・ガン一発。はずれ。

続いて角をまがろうとするまりかちゃんの手をちょっとひいて、軽く耳うち。

「全力で走らないで。この先の廊下には風門がしかけてあるから」

「かざ……何？」

「風門。時には日本の小説、読みなさいね」

ははっ。太一郎さんに聞かれたら目一杯莫迦にされそうな台詞。

「要するにね、細くて、遠くからじゃまるで見えないような糸が、廊下に張ってある訳。すごく強い糸だから、全力で走ってぶつかると、怪我をする」

「うん、判った」

こう言って、また即座に走りだそうとするまりかちゃん、もう一回ひきとめる。

「ちょっと待って……慌てないで。まがり角まがった直後って、一番狙い易いんだから」

「はい」

てんで、まず、あたしがちらっと角からのぞき――あれ、いないみたい。

あたし、角まがる。ついで、まりかちゃんも。桜木氏の姿は、ない。慌てて次のまがり角へ向かって駆けだすまりかちゃんの手、またおさえて、

「変よ」

なるべく小声で――耳許でささやくように言う。わっ、何だろうライムの香り。シャンプーかな、コロンかな。

「まだ、時間的に次の角まがれた筈がない」

「とすると」

二人で、そろそろ進む。一番手前のドアのノブに手をかけ、そっと室内をのぞく。うん。この部屋にはいないみたい。で、思いきってドア、大きくあける。――いない。

「ドア……のぞくだけでいいんじゃないですか」

まりかちゃんが、そっとささやく。

「ううん。半開きにしてのぞくだけじゃ――桜木さんがドアの陰にかくれてたら見すごしちゃうでしょ」

「あ、そうか」

で、また次のドアを開け。

三つめのドアにとりかかった時だった。ふいに、背後でかすかな気配。

ばしゅっ。

軽い音。同時に、あたしがのぞきこんでいたドアに、焦げた跡ができる。

もう、ほとんど本能的な動きだった。気配を感じる――や否や、まりかちゃんをつきとばし、同時に自分も転がって。

危機一髪、助かった。とはいうものの、まだ全然安心できない――ううん、むしろ先刻より危険な状態。あたし、床に転がっていて、桜木氏はおそらくあたしののぞきこんだむかい側のドアの中にいて、そこのドア、かすかに開けてあたし達狙ったんだろうから……早い話、今撃たれたら、防ぐ手段がない。

「ぎゃあっ」

とたんに悲鳴。まりかちゃん――じゃ、ない。もっと太い男の声――あ。

あたしにつきとばされ、床を転がったまりかちゃん、おそらく瞬時に、ドアからのぞいている桜木氏の腕を見つけたのだろう。転がりついでにドアのそばまで転がって、満身の力をこめて内びらきのドアのノブ、ひっぱってる。つまり、桜木氏の右腕はさんだまま、無理矢理ドア、閉めようとしている訳。

ばしゅっ。ばしゅっ。

レイ・ガンの音、もう二発。だけど今度は狙いをつけて撃った訳じゃなくて、苦しまぎれにひき金ひいただけだから、まるで見当違いのところが焼けた。

「まりかちゃん！　そのまま、桜木さんの腕、はさみ続けて！」

叫びながら身をおこす。

「はいっ！」

まりかちゃんの額。うっすら、汗がにじみでている。

まりかちゃんは全力でドアを閉めようとしているんだろうけれど、おそらく、桜木氏も全力で、ドアを開けようとしているんだろうから。

まりかちゃんと桜木氏。この二人の腕力は――どう見ても、桜木氏が上、よね。ただ、今は桜木氏、右手を使えないから、まりかちゃんがちょっと有利だっていうだけで。

あたし、何とか立ちあがる。立ちあがって――えいっこのっ！

思いっきり、左手でレイ・ガンねじあげた。思いっきり――満身の力をこめて。レイ・ガンは、あめのようにくねっとまがって――やったぜ！　この状態じゃ、いくら何でも、レイ・ガン撃つことできない。

「お……姉さん」

先刻伊東氏のレイ・ガン折ったのを見ていても、やはりこれだけ間近で見ると衝撃がそれだけ強いのか、一瞬、まりかちゃんの手から力が抜ける。と、まりかちゃんと桜木氏の力のバランスが崩れ、ドアはすごいいきおいで開いた。

「まりかちゃん」

自分の右手の先のもの、くねっとまがったレイ・ガンを信じられないような目で見ている桜木氏を片目でとらえながら、まりかちゃんの肩に手をおく。はげますように。

「おやんなさい。相手は丸腰なんだから。ひっぱたいてかみついてけとばしてはりたおしてつねってぶんなぐって」

「ひ……卑怯だぞ。こっちは丸腰なんだ」

たじたじあとじさる桜木氏。

「いい年して何よ。こっちだって丸腰なんだから」

「ひっぱたいて」

まりかちゃん、こう言うと、おそろしいいきおいで桜木氏のほっぺた、ひっぱたいた。軽くのけぞりながらも、まりかちゃんの首しめようとして伸びてきた桜木氏の右手をつかみ、

「かみついて」

「ぐわっ」

桜木氏の悲鳴。指先、ここ——かまれると、かなりきたえてある男でも相当痛い筈。

「もごもご」

次のまりかちゃんの台詞は、桜木氏の指が口の中にあるから、いきおい不鮮明になる。が、どうも〝けとばして〟って言ったみたい。台詞と同時に、足が凄いいきおいであがり、もろ、桜木氏の股間にきまった。

「はりたおすっ!」

まりかちゃん、桜木氏の指先を離すや否や、両手を組んでうしろへしならせ、かなりの勢いで桜木氏の左ほお、はりたおした。

「ぐふっ」

一メートル近くうしろで尻もちをつき、唇の端から血を流した桜木氏、右手で口の下をかなり強くぬぐい、まりかちゃんを睨む。あはん。今まで桜木氏が、まりかちゃんのなすがままにされていたの、レイ・ガンを曲げたのがまりかちゃんじゃないかと思って、おびえてたからだ。で、今、まりかちゃんの攻撃が一応済むと——ようやく判ったらしい。レイ・ガンを曲げたのはまりかちゃんじゃない——言いかえれば、こと格闘するに際して、まりかちゃんはそんなに怖い存在じゃないってことに。

のろのろ立ちあがる。その桜木氏にもう一発平手うちを加えようとしたまりかちゃんの右腕、いとも無造作につかんで、ねじあげる。

「思いあがんなよ、小娘が」

あー、こういう態度、許せないのよね。相手が自分より強いかも知れない時は徹底的に下手にでて、相手が自分より弱いと判ると、すぐかさにかかってくるっていうの。実に……実に、可愛気がないっ！

ちょんちょん。まりかちゃんの右手ねじあげている桜木氏の右手、軽くつつく。それから左腕で、桜木氏の右手つかんで、思いっきり逆にねじあげた。

「今度はもうちょっととうがたった小娘がお相手してあげる」

手加減……しなかった。この左腕使って、扉や何かを破る時以外で手加減しなかったの、はじめて。

「うわあっ！」

あ……っけない。いとも簡単に、力をこめたかこめないかで、すぐ、桜木氏の腕、折れてしまった。

あんまりあっけなく、ぼきって音がしたので、一瞬気が抜け、ちょっと気がとがめ、手を放す。桜木氏の右腕、肩からだらんとたれさがる。

おびえた小動物の目だ。桜木氏の瞳。必死の瞳であたりを見まわし――急に、駆けだす。まりかちゃん、つきとばし、廊下方面に。もう、あと先かえりみない全力疾走。

逃げる気だ。逃げる——外へ。

今来た道をひき返してる。倉庫の方へむかって駆けて——ほんのわずか、あの小型宇宙艇で逃げて助かる確率に賭けているに違いない。

「逃がすもんですか」

まりかちゃんが叫び、走りだす。そうよ、逃がすもんですか。

先程逃げた時は、まだ、攻撃の隙をうかがいながらだったのだ。今、判った。だって本気で——ただ逃げることのみ考えて走る桜木氏の、まあ速いこと。速い——このまま駆けっこしたら、あたし達と桜木氏の差は、ひろがりこそすれ、決してちぢまないだろう。何か飛び道具——ええい。

あたし、無我夢中で左腕はずすと、右手でそれを構え、桜木氏にむかって投げつけた。

ぱかん。

どことなくコミカルな音をたて、あたしの左腕、桜木氏の頭にぶつかった。ゆっくり——スローモーションか何かのように、その場に崩れる桜木氏。そして、急に体が重くなったあたし。

「やった、お姉さん！　しばきたおしたわね！」

まりかちゃんが体ごとあたしに抱きついてきて、あたしも思わずその場に尻もちついた——。

☆

「十年は……寿命が……縮まったぜ」

こめかみに手をあてて、太一郎さん、うめいた。

「そんなに……あたしって信用できなかった？」

左手をひじに接続しながら、あたし。

「いや。慣れてないんだよ、俺。うしろで待ってんのって」

あ、そうか。いつでも一番に追いかけるのが太一郎さんの役なんだ。

「まりか！」

「まりか、無事ね？」

「どこも怪我してないか、まりかちゃん」

近藤夫妻と伸之君は、部屋の隅で、まりかちゃん無事でよかったね大会を開いてる。

「……はい。これで無事、全部おわりです。航空管理局からは、あと三時間程度で救援が来るそうです」

レーダー係さんは、何だかんだとあちらこちらに連絡し、キャプテンさんを抱いて帰ってきた。(ほら、キャプテンさんが今、とても仕事のできる状態じゃないでしょ。とすると、レーダー係さん一人じゃこの船、無事に動かせる自信がないんだって。仕方ないから、船自体は充分動ける状態なんだけど、救援に来てもらうことになった。)

キャプテンさんの方は、やがてもぞもぞ動きだし――まだお腹が少ししくしく痛むけれど、まあ、たいしたことはないだろう、という感じで落ち着いた。

「で……あゆみちゃん。あれ、何とかしてやってくれない?」

キャプテンさんのお腹の具合をみおわった後、太一郎さん背後を指す。あ……忘れてた。熊さんと中谷君。二人共、まだ一所懸命の雰囲気で、レイ・ガンかまえてくれている。熊さんなんか、可哀想に、力をこめすぎた為に腕がかすかに震えている。

「俺が〝もういいよ〟っつっても聞かないんだよ」

二人共律儀《りちぎ》に、あたしがいいっていうまで今の姿勢を続けようとしてくれている訳ね。

「ごめんなさい、熊さん、中谷君。もう、レイ・ガンおろしていい」

「ふうっ」

熊さんが大きく息を吐いた。中谷君もレイ・ガンを床においた後で、大きくのびをして、軽く腕の筋肉をもみほぐした。

「ご……ごめんね。疲れたでしょう」

「いや、久しぶりにいい運動になりましたよ。同じ姿勢をとり続けることが、こんなに筋肉を使うとは思わなかった」

熊さんは、いつもの通り、とってもにこやかにこう言ってくれた。

「俺、腕たて伏せ、始めるよ。毎日、エレベータ使わずに三十一階まで歩いて上ってるから、足には自信があるんだが……腕は駄目だ」

中谷君、手をぶらぶらさせながら。

「ここまで聞こえたよ。何だあれ。〃おっかけてつかまえてひっぱたいてかみついて〃っつうの。女の子が、男しばきたおす時代に、この腕力じゃ駄目だっていうの、再認識してしまった」

「あは」

少し、照れる。

「で？」

熊さんと中谷君、今度は声をそろえて真面目な顔になって。

「俺達一体何をやらされた訳だ？　誘拐とスペース・ジャックって聞いたんだが――一体全体、そっち、どうなってる訳？」

「私も聞きたい」

麻酔銃奪われ、ぶんなぐられ、一つもいいところがなかった近藤氏も、後頭部にできたこぶさすりながら、深い、真面目な声をだす。

「最初、狂言誘拐とか言いましたな。まりか。一体全体どういうことなんだ」

すごく、厳しい声。

「あなた。まりかは、今、ようやく助かったところなんだから……そういう話は、帰ってから落ち着いて」

「駄目だ。もしこの娘のいたずらが元でこんなことになったのなら、私としてはこの莫迦娘を許す訳にいかない。こんな……人様に迷惑をかけるような娘を……」

あなは。しみじみ思ってしまう。先刻と、全然声色が違うんだもの。先刻までは、娘のことが心配で心配でどうしようもない、せつなくて不安で仕方ないって声の調子だったのに、今は、落ち着いて、威厳なんてでてきちゃって。こっちが多分、本来の近藤氏なんだろう。何のことはない——まりかちゃん、本当にちゃんと、両親に愛されてる女の子なのよ。

「人様に迷惑をかけるような娘って……僕も聞きたいですよ、近藤さん。何で、最初脅迫状だした時の要求、無視したんですか。あれじゃ、まりかちゃん、凄く傷ついても無理ないですよ」

近藤氏に対抗すべく、精一杯声荒らげて、伸之君。

「あと……僕……ちょっと判然としないんです。山崎さんになぐられた後、何かもあっとしちゃってて……急に耳が痛くなって気がつくまでの間、意識はあった筈なんだけど、いま一つ、僕が何やってたかよく判んないんですが……」

「うーん」

あたし、太一郎さんをあおぎ見る。どう説明するのが、一番さしさわりないのだろうか。下手に説明すると、まりかちゃんも伸之君も麻子さんも太一郎さんもあたしも、スペース・ジャック犯だってことになっちゃうし。

「この場合一番いいのはね。全部、ありのままに話しちまうことだぜ」

太一郎さん、こう言うと、話しだした。

★

「何……何て……何て莫迦な」

近藤氏、太一郎さんが話している間中、ずっとこううめいていた。

「何て莫迦な……まりかっ！　おまえは！」

ぱしっ。すさまじいいきおいで、まりかちゃんのほっぺた、ひっぱたく。

「おまえは、本当に……これだけ沢山の人に迷惑かけて、船まで爆発させてしまって……本当におまえは、何て子なんだ！」

また、なぐる。まりかちゃんがなぐられるごとに、何だかあたしもひっぱたかれているような気がして、思わず身がすくんでしまう。

「まりかちゃんは悪くないんだ！　みんな僕が」

慌ててまりかちゃんと近藤氏の間に割ってはいろうとする伸之君のえりがみを、太一郎さんひょいとつかんで、猫の仔か何か、持ちあげるように軽々伸之君、持ちあげ、おろして。

「邪魔すんじゃないよ、坊や」

「邪魔って……だって」

「あれはね、一種の儀式なんだから。さんざん心配させられた近藤氏にしてみれば、ああでもしなけりゃおさまりがつかないだろうし……それにね、あんな、目に涙ためているような顔でひっぱたかれるの、まりかちゃんの為でもあるんだから」

軽く笑って、で、ちょっと遠い目をして。

「ま、あんまり美しくもなきゃロマンティックでもないけどさ、あれ、親と子のラヴシーンなんだよ。一種の。とはいえ……そろそろ潮時だな。ある程度以上やると逆効果なんだが……どうも近藤氏っていう人物、この手のことに関しては、まるで潮時を知らないらしい」

太一郎さん、こう言うと二人の間に割ってはいって。

「もうおよしなさいよ、近藤さん。あなたも気がすんだでしょうし、まりかちゃんも判ってますよ」

「これは……私の責任なんだ。娘をこんな……こんな人様に迷惑をかけるような子に育ててしまって」

「まりかちゃんはいい子ですよ。およしなさいってば。心配も、しすぎれば過保護だし、示し方を知らない愛情ってのはすぐ不安や憎悪に化けちまうんだから」

　それから、まりかちゃんの方むいて。

「ま、あんまり正統的でもないし、教育的にいいことなのかどうかも判んないから、そうすめる訳にはいかないけど……いいよ、まりかちゃん、お父さんなぐって」

「え？」

「なぐりたい――とまではいかなくても、文句の一つは言いたいだろうが。この件に関しては、まりかちゃんばっかりが責められるのは、幾分不公平だもんな」

「わ……私が何をしたと言うんだ」

「何もしなかったから、いけないんですよ。親には、子供をちゃんと教育する義務がある。それは、あなたの言うとおりだ。けど、親にはもう一つ義務がある筈でしょう。親は、子供を愛していると子供に納得させる義務がある。……そもそもこの件は、基本的には、まりかちゃんが、自分は愛されてない、と思ったせいで発生しちまったんだから」

「何を莫迦な……私がまりかを愛してないとでも言うのか！」

「誰もそんなこと言ってないでしょうが。大体、親が子供を愛するのは、義務なんかじゃない、あたりまえのことです。そうじゃなくてね、子供に、自分が愛されていると納得させることが、親の義務なんです。……今の怒り方だってそうだ。あなたがまりかちゃんを本当に愛してるのはよく判る。心配して心配して、ようやくまりかちゃんが無事に帰ってきたら、ことのおこりは狂言誘拐だった。そう聞いたら、心配した分、怒るのはあたり前です。なぐるのだって当然のことだし、人様に迷惑をかけるのがどれ程いけないことか、教えこまねばと思うのも当然です。けどね……潮時っていうのが、あるんですよ。ある程度こしたら、まりかちゃん、反省するかわりに反抗しちまう。愛されてると思うかわりに憎まれてると思っちまう。あなた、致命的に無器用なんですよ。大体、本当は心配で心配でたまらなかった、その心配が怒りって形で外にでてるのに、やれ人様がどうのこうのっていう、社交辞令的な怒り方しかしないんだから……あんまり、それればっか言ってたら、あなたは実はまりかちゃんを心配しているんじゃなくて、世間の評判を心配しているんだって曲解されかねないでしょうが」

「じゃ……どうしろっていうんだ！　娘に毎日〝愛してる〟とでも言えばいいっていうのか？」

「……またすぐ極端に走る……。まあ、いいんですけどね」

くっくっくっ。含み笑い。

「まりかちゃんがね、もう少し成長すれば、実は父親は果てしなく無器用で恥ずかしがり屋であるだけなんだって、判ると思いますよ。あなたが何もしなくても。でも、今はね。まだ子供なんですよ。子供に、言外の意をくみとることを要求しちゃいけない。無器用だから素直に愛情を表現できないと悟れ、なんて要求しても無理だ」

「しかし……」

太一郎さんの言うことに何か心あたりがあるのか、近藤さん、ぼそっと低くうめく。

「しかし……私には、判らなかったのだ。五十すぎて初めて子供が生まれた。そういう場合……どうしたらいいのだろう」

「どうしたらって……普通にすれば」

「普通が判らなかったんだ。私の家族は私が物心つく前になくなってしまって——両親は事故で死んで、兄弟がいなくて……両親の生命保険が相当な額だったんで、弁護士が私を寄宿制の小学校にいれ——大学までだしてくれた。そのあと、四十九まで独身で……結婚したらすぐ、まりかが生まれてしまった。初めて普通の家庭を持つや否や子供ができてしまったんだ。どうしていいか判らなかった。育児書を山程読んだ。あまり甘やかしてはいけないし、スキンシップもしなければいけないし、幼児教育だの何だの……。大体、生まれた頃のまりかは、本当に小さくてきゃしゃで……下手に抱いたらつぶしてしまいそうだった。抱きしめて娘がつぶれてしまったらどうしようかと思うと手をふれるのも怖かったし……」

「……抱いて娘が死んだらどうしようって心配する親、はじめて見たぜ……」

呆然と、太一郎さん、呟く。そうかあ、この人、おっそろしい程、子煩悩だったんだ、実は。

「……私には、前科があるんだ」

憮然と、近藤氏、呟く。

「結婚したての頃、ゆりかが愛しくて愛しくて……毎日、思いっきりぎゅっと抱きしめていた。特に、子供ができたと知った時は……余りの嬉しさに、つい、満身の力をこめて、ゆりかを抱きしめてしまったんだ。何だか嫌な音がして、急にゆりかが苦しみだして……あばら骨、折っ現に私、昔、じゅうたんの上で転んだだけで骨折してますもの」

「私の家系は、代々骨がとってももろいんです。この人のせいじゃないんだけれど……。が、ついうっかり、生まれたばかりの娘のあばらを折ってしまったら……」

「ゆりかは大人だったから、あばらが折れてもそんなにたいしたことにはならなかった。

あ……あ……あ……。

てしまった」

ゆりか夫人が困ったような顔をして言う。

「だから、私にできることは、たった一つしかないと思ったんだ。精一杯働いて、生涯、ゆりかとまりかが楽に暮らせるだけのものを作っておいてやろうと思った。まりかが二十歳になった時、私はもう七十だ。今だって下手すれば祖父にみられかねない。だから何とか、この先二人が楽に生活してゆけるだけのものを……」

「そういうことをね、もっと早く、まりかちゃんに判らせてあげればよかったんですよ。あ、別に、今みたいに口にだして言うことはないんだけど。仕草ででも、何ででも……。ま、それができないから、無器用っていうんでしょうけどね。……あんまり、人のこと莫迦にできないけどさ」

太一郎さん、こう言うと、あたしの方を見て何故かにやっと笑った。

「お互い……無器用な男が鈍感な女とくっついてると、大変なんですよね」

同病あいあわれむ。何か、そんな風な目つきで、近藤さんに軽くウインク。それから。

「まりかちゃんも、今のお父さんの台詞聞いちまったら、もう莫迦なことしないだろ。な？」

「うん」

何とも複雑な笑みをうかべて、まりかちゃん。その瞳の意味は……やあだ、パパって意外と可愛いんだ。そんな風にとれた。

「僕はごまかされませんよ、そんな言葉だけじゃ」

ただ一人、この場の雰囲気にのまれていない、伸之君が言った。

「じゃ、何だって、最初の誘拐の時、要求を無視したんです。本当に、そんなにまりかちゃんのことを愛しているのなら、何で船内アナウンス、しなかったんです」

じっと、近藤氏の顔をみつめる。そして、続けて。

「大体――確かに近藤さんがまりかちゃんのことを思ってるっていうのは判りましたよ。でも、じゃ何で――あのヴィヴを、あんなに可愛くていたいけな生き物を、殺せるんです。何で皮をはげるんです。本当に自分の娘を愛せるような人物が、同時に、何でこんな残酷なことができるんです」

「子供に……判ることじゃない」

近藤氏、ぷいと横をむいてしまう。いけないな、これは。たとえ、伸之君に判ろうが判るまいが、近藤氏は自分の意見なり何なりを言わなきゃいけない。だって――判ってもらえるってことを、みずからがこうして拒絶してしまえば、判りあえることは決してないのだから。たとえ伸之君に近藤氏の胸のうちが判らなくとも、少なくとも判らせようという努力をしなければ。

「近藤さん。駄目よ。また、間違ってます」

あたし、自分でも意識しないうちに、しゃべりだしていた。

「あなた、また同じことをしている。愛してるって事実を、あなたがきちんとまりかちゃんに伝えなくても、まりかちゃんはきっとそれが判る。そういう考えは、現に、間違ってた訳でしょ。だとしたら――この子は子供だから今は判らない、でもいつかはきっと判ってくれるって考えも、同じように間違ってるのよ。子供に判ることじゃない、相手が子供だから説明してもしかたないって、逆なんだわ。相手が子供だから、説明しなきゃいけないのよ。大人なら、口にだして言わなくても、あなたの考え、あるいは判ってくれるかも知れない。でも、相手が子供だって認識があるなら……あなたが口にしなければ、どうして判るの」

「私が……総責任者だからだ」

しぶしぶ、近藤氏は、口をひらいた。

PART X

人生に恩返し

まりかが楽に暮らせるよう、一所懸命仕事をした。

この事実だけ見れば、まりかの為なら、仕事をやめてもいい筈だ。確かに私が一社員なら、仕事をやめたかも知れない。

が、私は、社長なのだ。

長——おさ。まとめ役。責任者。

私は、自分の家族に対して責任を持つのと同時に、社員に対しても責任を持たねばいけない。

私が近藤商会に打撃を与えたり、つぶしたりしたら、四千三百人の我が社の社員は、どうなるんだ？　四千三百人の社員には、合計で一万人を超える家族がいるのに？

仮にも責任者なら。自分の力のあたう限り、会社を守らねばならない。それが、四千三百の社員に、一万の家族に対する、私の責任だ。

私が一身上の都合で、ヴィードールを売ることをやめたら、我が社は間違いなくつぶれる。四千三百人が急に失業者になる。まあ、すぐに飢死《うえじに》するものはいなくても、四千三百人の人生設計が狂い、一万人の人生も影響をうける。

給料でローンの返済をする予定だった者はどうなる？ 家族に病人をかかえた者は？ 今、進学途中の家族は？

君のお父さんが、何の前ぶれもなく、ある日突然失業したら、君の家族はどうなってしまう？

社員の生活に責任をおうのが、社長なのだ。元来、社長とはそういうものでなければいけないのだ。いざとなった時、社員全体の生活に、できうる限り責任をおうから、社員は社長についてゆくのだ。

その社長が、唐突に、社員のことを何も考えていないかのような指令をだせるか？ だすことが許されると思うか？

それに。ヴィードール・コレクションを買う人への責任も、ある。

君達は火星にいるから――気候がすべて、完全制御の、地球の次に恵まれた星にいるから、知らないのだ。

たとえば、ガニメデ。氷の星。あそこに住む人にとって、ヴィードール・コレクションがなくなる、ということは、下手をすると一家離散につながってしまう。

それは、居住用ドームの中は、確かにあたたかい。が、そこを十五度に保つのに、一体どれ程のお金がかかると思う？　人が住める温度の部屋を手にいれる為、ガニメデの人は、生活費の半分近くを暖房に遣うんだぞ。言いかえよう。食事を粗末にし、娯楽にかけるお金もほとんどなく——とにかく、普通の温度で生活する為にお金を遣うのだ。

そういうところで生活している人に、毛皮は福音《ふくいん》だ。まして、ヴィードールは、マイナス五十度のところでも、体を完全にその毛皮でおおえば、二十五度を保つことができるという、爆発的な保温性を持つ。ヴィードール・コレクションを家族が着ていれば、暖房費は、約二十パーセントおさえられるんだ。その分まともな食事もできれば、本も買えるよ。君に——火星でぬくぬくとすごしている君に、彼らからヴィードール・コレクションをとりあげるどんな権利があるんだ？

それに、一番大きな需要は、老人用だ。

人間、年をとれば体は弱くなる。若い頃は十度の部屋で充分生活できたのに、老いればそれがきつくなる。ところが——老人の家庭は、若者の家庭より大抵貧しいのだ。これが現実。

かぜはひく。寝びえはする。リューマチは痛む。

そういう人にとって、毛皮のステテコ、毛皮のはんてん、毛皮のももひき、毛皮のかいまきがどれ程の必需品だか考えたことがあるのか？

まして。太陽系をでれば、もっと寒い星はいくらでもある。

それは確かに、完全保温のボディ・スーツはあるだろう。けれど、それらのボディ・スーツを一着買うお金があれば、ヴィードール・コレクションは十着買えるのだ。

まして、ボディ・スーツは、ひどく通気性が悪い。早い話、むれるのだ。

特に体質的に肌が弱い人に、ヴィードール・コレクションの十倍はして、おまけに皮膚病の原因となるボディ・スーツを買わせる権利が、君にあるのか？

それに。若い女の子だって、沢山いるのだ。

十代や二十代の女の子に、毎日同じ服を着ろと、君は命令できるのか？　女の子なら、いろいろなデザインの服も着たいだろうし、色や柄だって、いろいろなものを楽しみたい筈だ。

そんな、辺境の地にいる女の子の、わずかな夢を、火星で、男のくせにファッションに気を遣う余裕がある君達に、くだく権利があるのか？

寒い星の女の子は、たかがスカート一着買う為に、半年もかけてアルバイトしてお金をためるんだぞ。それを——親に養ってもらっている君が、一体何でどうのこうの言えるんだ。

火星は——地球、月、火星は。奇跡的に恵まれた星なんだ。

これだけだだっ広い宇宙の、奇跡の幸運を味わいながら——それで、よく、ヴィヴがどうのこうのなんて文句をつけられるな。

他の——大抵の星では。可愛いもへったくれもなく、普通の人間はペットなんて飼う余裕はないんだぞ。
それで——よく。よく文句を。

★

最後の方は、涙声だった。(あとで知った話なんだけれど、近藤氏はガニメデの出身だった。彼は——兄弟がいないって言ってたけれど——実は二人兄弟で、お兄さんがいたのだ。そのお兄さん、ずいぶん昔、外へ遊びにでかけたまま、凍死したんだそう。)

「でも……人間だって……ヴィヴだって……同じ生き物な訳で……」

弱々しく伸之君、呟き、それから。

「何でこうなっちゃうんだろう」

「何でって?」

まりかちゃんが聞く。

「生命はみんな平等であるべきだ、とか、いくら下等生物だって、人類に他の星の生物を勝手に殺して皮をはぐ権利があるのか、なんていう——いわば、本質的で大きな問題が、どうして老人のももひきや、女の子のおしゃれや、暖房費がかさむから家族旅行にゆけない、なんて小さな問題に負けちまうんだろう……」

それから顔をあげて。

「そうですよ、近藤さん、あなたの勝ちです。確かにあなたの言うとおりですよ。僕には、リューマチのお爺《じい》さんからステテコをとりあげる権利はないし、暖房費節約して、ういたお金で家族そろって映画見にゆき食事をする楽しみを奪う権利はない。でも……それはね、本当に納得しちゃって……納得しちゃったのが変なんです。何で納得しちゃうんだろう」

何か、凄くさみしそうな表情。さみしそうな……あ、駄目、またおしよせてきた。

おしよせてくる。恥ずかしさの波。まりかちゃんに感じる恥ずかしさととってもよく似た恥ずかしさ。それをあたし……伸之君にも感じてしまう。

「何で……生命に対する愛情、がいとも簡単にステテコの必要、に負けちゃうんですか。何でそれを僕が納得するんですか。変ですよ――変だ、あんまり。変――僕……なさけないな、僕、愛とか理想とか正義とかより、ステテコの方をとってしまう人間だったんだろうか。〝愛〟とか〝理想〟とかって、ステテコに負けるようなものなんですか」

……すごく本気で言ってるみたい。本気……〝苦悩〟だな、雰囲気は。それはとってもよく判る。

伸之君が、何で苦悩してるかも判ると思う。伸之君の苦悩を、あたしなりに考えてみることも、できる。

そうよ。ステテコ、ステテコって連発するから妙な気がするのであって――ステテコを現実におきかえれば、すっきりするのよね。

それまで――人類がその星にやってくるまで、平和にそこで暮らしていたであろうヴィヴが、つかまえられ、殺され、皮をはがれる。こんな小さな動物なのに――こんないたいけで可愛い動物なのに――そして、ヴィヴは人類に対して、何も悪いことをしていないのに、単に良質の毛皮を持っている、というだけの理由で、くんくん鳴く、ビーバーのような、他の惑星の小動物が殺される。

人類には、そんなことをする権利があるのだろうか。人の命は貴重だ、なんて言っておいて、じゃ、人じゃないものの命はどうでもいいのだろうか。それに。ヴィヴは、地球の生物ではない。あるいは、はるか遠い未来、地球人が介入さえしなければ、ヴィヴはその星で進化し、知的生命体となるのかも知れないのだ。そんな動物を、人間が勝手に殺すことは許されるのだろうか。

と、まあ、伸之君は考え、悩み、怒った。

でも。

現実に寒い星はあって、現実に寒い星の生活はつらいのだ。

政府が、ちゃんとすべての星の気候を管理しないのが悪いって言ったって、そういうだけではその星の気候状況はよくならない。たとえ、市民運動か何かをおこしたって――一つの星の気候を管理する、それにかかる莫大な費用を、一体全体誰がだすのだ？　税金って一口に言っても、要するにそれは普通の人々が出すお金だし、寒い星は山程あるし。それに寒冷地の気候を問題にするなら、平均気温が四十度をこす星だって問題にしなければいけない。昼と夜とで気温差が五十度近くある星なんてもっとひどいだろうし……。

そして。現実として、それがそこにある以上、生命は平等だ、などという理想は、言っていられない。それは、納得できる。納得できるが――現実はこうだ、と言われて、それで、はいそうですか、と理想を捨ててしまっていいものなのだろうか。

それに。やっぱり、ステテコにも、大きな問題があるのよね。

愛。理想。他の星の生物を殺す権利。

こういう、大上段に構えた、抽象的な、とっても大きなものが、ステテコ、という、あまりに日常的であまりにささいなことに負けてしまう。

理想が現実によって破られた、なんて抽象名詞つかって言えば、まだ格好がつくけれど――理想がステテコによって破られた。何か、あまりに生活に密着しすぎていて、みじめになる。別にステテコって言葉が悪いって言う訳じゃなくても、理想とステテコじゃ、あまりに単語の持つイメージが違いすぎる。

僕の理想は、ステテコに負けるようなもの。

何とか僕の手で、不条理に迫害されているヴィヴを助けてやりたい。そんなこと思いつめてきた男の子にとって、これ、もの凄いショックだったと思う。

で。苦悩。おそらくは、とっても複雑な苦悩。

僕の理想は、所詮現実の判らない、子供の理想だったのだろうか。

僕の理想はステテコに負けるようなものだったのか。

何で、ステテコなんていう、あまりにも莫迦莫迦しいものに自分の理想が破られたことを認めてしまうんだ。

それは、判るの。納得できるの。でも。

恥ずかしいのよ、それ。すごく恥ずかしいのよ。

恥ずかしい——いてもたってもいられない。

「僕の考えていたことは、そんなに間違ったことだったんでしょうか。僕は——僕は、確かに現実を見てなかったかも知れないけど、でも」

言わないでくれえ。恥ずかしい。あまりに恥ずかしく——何か、とっても……いとおしい。

恥ずかしいっていうのと、いとおしいっていうの、不思議に一緒の感情で……。

「でも、夢とか理想とか、そういうものが、ステテコみたいなもの凄く日常にもおとるんなら——卑近な現実の前で、すぐ破れてしまうようなものなら——人間なんて、本当にどうしようもないものだってことになっちゃうじゃないですか。僕……人間が他の動物と一番違うところは、理想を持っているところだと思ってた。でも、それが——衣食住みたいな、もの凄く動物的な現実の前で崩れちゃうなら……本当に、人間なんて、どうしようもないものじゃないですか」

ぎえっ。もう駄目だ。あんまし、かっこつけた演説風のこと、言わないでくれ。駄目よ。もうあたし我慢できない。我慢できないからしゃべっちゃう。

「そうだもん」

「え?」

「そうなんだもん。人間なんて、本当にたいしたものじゃないんだもん」

少し不満そうな伸之君。まりかちゃんが口をはさむ。

「だって……そんなこと、ないもん。そりゃ、あたしとか伸之とかは、まだあんまり若くて、何の力もなくて、理想を言うだけで現実に勝つことはできないけど——でも、もっとあたしに力があって、もっとあたしが立派な人間なら」

「そうだよ」

まりかちゃんの応援に、伸之君も力を得たのか声が大きくなる。

「僕が、地球総裁だったら。そうでなくても——僕が、近藤さんや、他の連中を説得できる程の大人物だったら。僕にもっと力があれば。そうしたら僕は」

「変わらないと思うわよ。あなたがどんなに偉くなったって——それでも、人間が他の動物殺さなきゃ生きてゆけないって事実を変えることはできないだろうし……所詮、人間は人間で、スーパーマンじゃないもの。それに……だからいいんじゃない。人間なんて、どんなに偉くなろうがどうなろうが、所詮たいして変わりはなく、人間なんてたいしたものじゃなくて……なのに理想を追い求めるなら」

「え?」

「人間がね——たとえば、火星大統領になれば、こういう可哀想な生き物をなくせる程のすばらしい人間になれるって仮定するわよ。で、伸之君が今、ヴィヴに与えられている現状は決して望ましいものじゃないって火星大統領に訴えたとする。で、大統領が成程それは可哀想だなって思って、それですぐ何とかなっちゃうんなら……それじゃあんまりなさけないじゃない」

「何でですか。それでヴィヴが助かるなら」

「でもね、ほら、世の中にはヴィヴ以外の問題が何もないって訳じゃないでしょ。誰かがガニメデは寒いって訴える。すぐあたたかくなる。誰かが金星はあついって訴える。すぐすずしくなる。誰かが人間が他の動物の肉を食べるのはよくないって訴える。すぐ適当な合成肉ができる。……もし、こんなになってしまったら、早い話、大統領以外の人、何もしなくていいことになっちゃうじゃない。何でもかんでも、困ったことや直して欲しいことを大統領に言うだけ。と、大統領はすべて知っててすべて良いようにとりはからってくれる……。これじゃ、世の中は、幼児を山程かかえた家族になっちゃう」

「幼児……?」

「そう。これ欲しい、あれやって欲しい、こうして欲しいって訴えるだけの存在って、幼児じゃない。で、大人が――お父さんなりお母さんなりがいて、そういう人達が、親としての思考範囲の中で与えていいものは与え、子供を完全に養い……。幼児が自分の力で解決できないような〝困ったこと〟にぶつかったら、それ、親が解決してくれるのよね。幼児は何もしなくていい。パパとママは何でも知っていて何でもできて、何でも自分に一番いいことをしてくれるの。……幼児よ、赤ちゃん。子供ですら、ないの。幼稚園に行く程度の子供なら、友達の問題なんて、自分で解決しようとするもの。そんな……子供以前の赤ちゃんの集団になっちゃう。そういうのって……口惜しいでしょ」

まあね。そういう表情で、伸之君とまりかちゃん、うなずく。

「それに、たとえば誰かに訴えるだけで理想が実現しちゃうなら――人間が、あ、はい判りました、じゃ、実現させちまいましょうって言うだけで理想を完成できる程の生物なら……そしたら、理想なんて、〝たかが理想〟よ」

「……あ。麻子お姉さんの言ってた奴?」

まりかちゃんが、あたしの顔みつめていう。

「どんな仕事でも――自分で本気でやっているものじゃなきゃ――仕事に対する思いこみがなければ〝たかがお茶くみ〟だし、〝たかがモデル〟だし〝たかが社長〟……。あ、そうかあ。そんなにすぐ、思いこみも努力も信念もなしに実現しちゃったら、その理想って、つまんないでしょうねえ。ううん、その理想に限らず――理想一般がつまんないものになっちゃうんだろうなあ」

「つまんないって、まりかちゃん、理想がかなうかなわないって、面白いつまらないって問題じゃないだろう」

「だってあなた、理想お金で買う気なの？」

「お金？」

「ん。だって、思いこみも情熱も努力も何もなしに手にはいる理想ってさ、つまり、キャンディ買いたい、とか、ドレスが欲しい、とかと同じレベルで手にはいる理想ってことじゃない」

何で年下のまりかちゃんの方が、あたしの言うことスムーズに納得したのかなあ。ちょっと考えて、すぐ判った。この子、〝中学生〟じゃなくて〝仕事している中学生〟なんだ。

「どうしてもうまくいかなくてね、いっそ投げだしちゃいたい、なんて思うのがしょっちゅうで、その滅茶滅茶本人が必死の時に、やれお得意さんにあいさつだ、やれ写真がどうのこうの、なんて雑用がはいってね、こっちはどうやっても服を着こなせたって自信がないのに、脇で他人はモデルなんて楽できれいなお仕事ですねえ、なんて言って、相手がお得意様なら嫌な顔する訳にいかないしね……。でもね、そういうのが仕事だって最近思うのよね。一発目ですぱっときまっちゃって、雑用はなし、気にいらない人に一所懸命あいそよくしなくてもいい、自分で自分にすっかり満足して、直すべきところも思いつかなきゃ、悩むこともない、食事に気をつけなくても太りもやせもしなければ、にきびもできない、ストレスもまるでたまらない、なんて状態になったら……そりゃ、楽でいいだろうけど、ステージおわっても全然感激しないと思うのよね。緊張もなくなっちゃって……惰性で仕事してったら、モデルとしてのあたしもそこまでだろうし、大体、そんな、すぐ楽にできちゃう仕事なんて、面白くも何ともないもの」

「まりかちゃん……すこし、マゾなんじゃない？」

「やだなあ、伸之。誰だってそうでしょ。本読む時だって、最初は一ページに文が数行しかないような本、読むじゃない。でも、伸之の年で、そんなもん読んだって、面白くも何ともないでしょ。楽に読めちゃいすぎて。そんなもんじゃない？　人間って、成長してるんだから……少しずつ背のびして、少しずつ無理して段々むずかしいもの読んでゆくようになるから、面白いんじゃない。プラモデルだってさ、作るっていうだけの話なら、それこそ十五分くらいでできるのだってあるけど……プラモが趣味の人って、みんな少しずつ大物に挑戦してゆくもんじゃない。とさ、そういう人って、みんなマゾなの？」

「い……いや」

「とっても楽にできる仕事して、惰性で生きてゆくのって、おばあさんになってからでいいわよ、あたし。そしたら、孫つれて猫つれて、公園のベンチでひねもす日光浴するから」

「だからね」

少しずれてしまった話の筋を、あたし修正。

「そういう風に――誰か、とびぬけた大人が幼児の群れにまじってるっていうんじゃなくて、普通の、たいしたことのない人間達が、遠いところにある理想めざせるから、素敵だって言ってんの」

「…………」

「何がすごいって、まず実現不可能にみえることを、せこせこせこせこやってって、実現させちゃうってとこがすごいわよ。犬は、自主的に文字おぼえよう、なんて不可能なことに挑まないじゃない。ペンギンは、いつの日か大空を飛んで、南極から北極へ行ってみよう、なんて莫迦なことに挑まないじゃない。人間だけよ、宇宙に出よう、なんて莫迦なことに挑み、火星に住もう、なんて不可能だったことに挑み、それ、実現させちゃったの」

「……ええ」

「それも――たとえば、ペンギンにペンギンの神様がいて、ある日、よし、お前達に飛行能力をあげようって言って飛べるようになった、なんて他力本願のやり方じゃなくて、あくまで自力本願でしょ。素敵だと思わない？」

「素敵……あゆみさんって、楽天家なんだ」

「あたし、楽天家、好きよ」

ぴと。まりかちゃん、あたしにくっつく。

「それにね。先刻、伸之君、近藤さんに、〃あなたの勝ちです〃って言ったじゃない。それもね、間違いよ。……近藤さん、変なこと言ってごめんなさい、近藤さんと伸之君じゃ、伸之君の方が圧倒的に勝ってるものがあるもん」

「え？」

伸之君、本当に怪訝そうな顔。

「時間、よ。近藤さんは……えーとあの……あと十年もすれば、そろそろ現役引退でしょ。その頃、伸之君は、ばりばりの若手」

「そりゃ……まあ」

「あと二十年もすれば、それこそ先刻まりかちゃんが言った、孫つれて猫つれてひなたぼっこする年よ、近藤さんは。だとしたらこの先——今日明日って問題じゃなくて、長期展望でヴィヴのことにしろ何にしろ、変えてゆくのはあなた——あ、うん、あたし達の世代の問題な訳でしょうが。今は、確かに近藤さんが正しい。今はね。でも、それはずっと近藤さんが正しいってことじゃ、ないのよね。そのうち、ヴィードール・コレクションよりすべての点ですぐれた合成繊維のボディ・スーツができたら——その時点をもって、近藤さんはあなたに負けるのよ。一年後か、十年後か、二十年後かに」

「負けるも何も、争いは成立しなくなるだろうな」

近藤氏が、ぼそっと呟いた。

「もし、そういうものが出現したら——する可能性のめどがたったら、現在のシェアを奪われないように、我が社は絶対それにかむだろうから」

それから近藤氏、まりかちゃんを見て、

「……孫をつれてひなたぼっこか」

軽く、ため息。

「そんな日が来ることを……夢みるのもいいな。今度は……今度こそは、おびえずに赤ん坊、抱いてみよう」

「駄目よ、パパ」

まりかちゃん、そう言うと、いたずらめいてくすっと笑う。

「あたしの子供のあぐら折らせる訳にいかないもん」

仲之君は、そんな、仲むつまじい二人の様子をしばらく見て。軽く、ため息をついた。軽くため息——論争が、一くぎりついてしまったことに安心したかのように。あるいは、まだ納得できずに。

あゆみさんって、楽天家なんだ。本当にあたしの言ったこと理解したんなら、ああいう台詞言って、で、ため息つくことはないだろう。あたしに反感持ってるかも、知れない。反感——そうよね。

昔。家出した時。子供の頃は、宇宙にでるんだ、なんて言ってたお兄ちゃんが、大人になって、宇宙の〝う〟の字、星空の〝ほ〟の字も言わなくなっちゃったのに、あたし、とっても反発した。宇宙にでたいっていうの、ガキの夢、の一言で片づけちゃったお兄ちゃんに。

でも。今にして思えば。

お兄ちゃんには結婚相手がいて、真面目に彼女との生活を考えなきゃいけなかった。妻と、結婚すればいずれ生まれるであろう子供と。そういう意味で、お兄ちゃんには重たい責任があったんだ。宇宙へ行くっていってとびだしちゃって、家庭に生活費いれないような男には、そもそも結婚する資格なんて、ない。

それに——親。

考えてみれば。あたしが宇宙へ出てくることができたの、ひとえにお兄ちゃんのおかげなんだ。お兄ちゃんが、ちゃんと地球で家を守ってくれたから。

さいわい、うちの両親は近藤さんよりは若い。とはいったって、いずれ老いて、孫と猫つれてひなたぼっこする年に、遠からず必ずなるのだ。

あたしが、どんなわがまま娘であったとしても。六十すぎの親二人、ぽつんと地球において出てくる訳にはいかなかった筈。出てきちゃったとしても、心配で心配でどうしようもなくなるだろう。どっちかが高血圧だの糖尿病だのになってないだろうか。どっちかが寝たきり老人になってないだろうか。

もし、お兄ちゃんが。昔の夢どおり、成人するや否や家とびだしちゃってたら、あたし、親二人かかえて、すごくお兄ちゃん恨んでいたに違いない。

宇宙に出ることをガキの夢って言ったお兄ちゃん。ひょっとしたら、それって、思いやりだったのかも知れない。夢を実現すると、両親やあたしにあまりに負担がかかる、そのことを考えて自分の夢をすててくれた人の。それで――宇宙をあきらめて。かわりに父の会社をつぐっていう新しい夢を追うことに――。(わっ、そうだあ。もしお兄ちゃんが出てっちゃってたら、あたし今頃、父の会社を無理矢理つがせられてたかも知れないんだ。ひえっ。)そう。今は、お兄ちゃんに反発するどころか――お兄ちゃんに申し訳ない、お兄ちゃんに感謝しなきゃいけないと思ってる。

でも。あの当時――家出してきた当時。太一郎さんに、〃あんた、どうしようもないお嬢さんだな〃って言われても。反発しか、しなかったもんね。逆に、あたしをかばってくれた大沢《おおさわ》さんに惹かれて。太一郎さんが、話の途中で席立っちゃったの、恨んですらいた。

……無理ないんだ。伸之君が、多少不満気な顔してこっち見てるの。

そりゃ、あたし、いろいろなこと、言えるわよ。

たとえば、ヴィヴは可哀想で、伸之君の着ているシャツの材料になった綿は何で可哀想じゃないのか。(意志を持つ植物がいるってこと、あたし、〃きりん草事件〃で知ってるもん。)

たとえば、ヴィヴを売る近藤商会を責め、何で自分の家が肉屋なのには反発しないのか。

ヴィヴだけがかわいくて、牛さんにわとりさんはどうでもいいのか。そういう目で見れば、所詮〃可愛い〃なんて感情は、ある種のエゴではないのか。

でも今――そんなこと言って伸之君責めても、仕方がないんだ。昔のあたしが何と言われても、お兄ちゃんに反発していたように、今の伸之君は、何と言われても近藤さんに反発するだろう。

……あ。近藤さんの言ってたこと。子供に判ることじゃないって……そうか。

顔が、ほてってきた。

つまりそれって、〃子供の理解力で判ることじゃない〃とか、〃大人なら言外の意をくみとってくれる〃ってことじゃなくて――どんなことでも、それを納得できる時期があるってことなんだ。

……あ……あたし、調子にのって、また莫迦なこと言っちゃったんだ……。

川。

目の前に、妙なイメージ、うかんだ。

川。――河、じゃない、川。

地球で。トウキョウ、ネリマ区ってとこに住んでた。そこに、川があったのよね。

利根川とか、荒川とか、玉川上水とか、トウキョウには昔からその水源となる大きな川があった。

多摩川なんてね、見事に大きくて立派な川なのよね。土手も広くて――でも。

あたしの住んでた、ビルの脇を。とってもみじめな川が流れてたの。

みじめな川。あれ……昔、まだ下水道へいたる水路が、人に見えるところにあった時代の、ドブってものに似ているんじゃなかろうか。もっの凄く細くてね、切れ切れで。（ところどころ、地下にもぐってるの。上に道ができちゃったり何だりで、数百メートルもぐっては、数十メートル露出し、また数百メートルもぐり……って具合に。）

あはっ。あの川。そうだわ。

あたし。いろんな人に、いろんなとこで、いろんな風に恩をうけた。恩をうけた当時は、その人に反発したり、反感持ったりしたこともあったけれど――間違いなく、いろんな人に恩をうけた。

一番派手な例は両親なのよね。けんかはした、反抗した、文句言った。いろいろした。でも。まだ、何も一人ではできない赤ちゃんの段階から、反抗期、生意気な盛り、ずうっと一貫して育ててもらった。あたしが、まだ人間じゃない頃からはじめて、人間にしてもらった。

これ程の恩を、人は一生かかったって、返せるもんじゃないんだ。とても。

それから。太一郎さん。この人に会って、仕事世話してもらい、多少なりとも成長し……。

そして、その他の人、かつてあたしが出会った人、すべて。返せる筈のない恩を、あっちこっちでちょこっとずつ、うけてきちゃってる。

で。

今度はあたしの番なのよ。そうじゃなきゃ収支決算、あわないもの。

いずれ、子供産んで。あたしの親があたしにしてくれたものを子供に返す。あっちこっちで、いろんな人に会って、いろんな人があたしにしてくれたことを、他のいろんな人に返す。ずっとこれを繰り返すと。

その、みじめな川になるんだ。

細くて、今にもとぎれてしまいそうで、でもしつこく続いて、あっちこっちで地面の下にもぐっちゃっている、川。

今五十代の人は六十代以上の人に恩をうけて、四十代以下の人に恩を返して、四十代の人は、五十代以上の人に恩をうけて三十代以下の人に恩を返して。こうして、細く、時には地下にもぐり、でもえんえんと、恩返しの系譜は続いてゆく訳。

鶴の恩返しでは、鶴は、恩をうけた人に直接、恩を返した。でも、人間の恩返しは。

自分より、下の人へ、ずっと、ずっと、続いてゆくんだ。鶴の恩返しは、うけた恩を返せばそれでおしまいだけど、人間の恩返しは、人間というものが続いている限り――ずっと続いてゆくものなのだ。これってとっても……似てない？

最初の人が、最初の一歩。次の人が、二歩め。その次の人が、三歩め。こうして、いつの日か完成に近づいてゆく――理想ってものに。人間が、せこせこせこせこ近づいてゆく、理想ってものに。

あたしと、伸之君。どっちが正しいかなんて、今判ることじゃない。でも――あたし、伸之君のいるとこより上流にのぼってきちゃったんだ。いいか悪いかは別にして、伸之君やまりかちゃんのいるところより、上流に来ちゃったんだ。時間がたった分だけ。

そうしたら。

それが正しいかどうかは別にしても――あたしにできることって、たった一つしかないじゃない。

できるだけ、伸之君達の面倒をみてあげること。昔、太一郎さんができるだけあたしの面倒をみてくれたように。

今でも、まだ。あたし、伸之君よりは上流にいるっていうだけで、他の人よりは下流にいるんだ。

とすると、今でもまだ、あっちこっちの人に面倒みてもらっている訳で――一生かけても、この収支決算、あうかどうか判んない。でも、なるべくあうようにがんばることなら、できるもの。

それで麻子さん、この件にかんじゃったんだ。それで水沢さん、そんな麻子さんに本気でおこれなかったんだ。それで。

かといって。そう何もかもがうまくできるって訳じゃない。現にあたし、伸之君に反発されてるかも知れないもん。

ただ。だけど。あたし、勿論、まだ、人間としては未完成品だから、それが判んなくても当然なんだ、と思う。それ——どういう風に恩返しをしていいのかが。

ただ。だけど。あたし、あたしが本当に思ったことしか言えないもの。だからこれが正しいんだと思う。自分が思ったようにしゃべり、自分が思ったように相手の面倒をみてあげようとすることが。

いつか伸之君、あたしの言ったこと、本当に理解するかも知れない。あるいは、ずっとあたしの意見に反発しどおしかも知れない。でも——今のあたしにできることって、これだけなんだから。

だから。これでいいんだと思ってしまおう。

これで——自分にできる範囲で、精一杯の——人生に、恩返し。

ENDING

……あーあ

「まあ、運がよかった。この幸運に……乾杯してみる?」

セレス・ホテルのタワー・レストラン。夜八時をすぎていて、今は、バーになる時間。太一郎さんはマティーニのグラス持って、あたしトロピカル・ドリンク。

「んふ」

マイタイ。ひどく大きめのグラスの脇に、パイナップルだのオレンジだのパパイヤだの、無闇やたらと果物がついてて、とっても重いの。別に、持ちあげるのが大変だって重さじゃないけど……乾杯するの、大変よ。

チン。かすかにあわさる、グラスのふちとふち。

本当に——運が、よかった。最悪の場合、伸之君と麻子さんは誘拐とスペース・ジャック、まりかちゃんは狂言誘拐、あたしと太一郎さんはスペース・ジャックの共犯として、つかまっても文句は言えなかったのだ。それを、まず伸之君、催眠術かけられていた為、不起訴。まりかちゃんは催眠術かけられた伸之君にさらわれただけ、とみなされ、まったくの被害者あつかい。あたし、太一郎さん、麻子さんは、(本当は違うんだけど)近藤氏に依頼され、事件解決につとめたってことにしてもらい、何のおとがめもなし。爆発的に……運がよかった。

「でも……悪かったわね、所長達」

結局、あたしと太一郎さん、セレスへのハネムーンにくっついてきた形になっちゃってる。おまけに、このバーに出入りする為(一応ここは、それなりのお店なのだ)、太一郎さんは所長からジャケットを借り(この二人、ちゃんとした格好させると、何か微妙に体型と雰囲気が似てるの。ただ、所長の方が背が高いので、ズボンは自前)、あたしも麻子さんからドレス借りて(あたしの方は、胸その他、ちょっと大きめ)。

「何が。結局、こんなただ働きしちまったの、麻ちゃんのせいだぜ」

「ん……」

「これで決まりだな。あの二人へのウェディング・プレゼントはこの件だけでいい」

窓の外は星の海。星——地球で見る星空と、小惑星帯で見る星空の何て違い。それは……こっちの方がきれい、とか、こっちの方が派手、って問題じゃなくて……こっちで見る星空は、結果なのだ。人類の理想が——普通の人が、えんえんつみかさねてきた理想が、セレスへの移民を可能にし、ここに、その証拠の星空がある。

「もし、今回の件を、あんたが資料としてまとめようと思ったら」

ふいに口きく太一郎さん。この人、変なの。この間から、二人称代名詞がぐちゃぐちゃよ。あんたになったりおまえになったり。

「The Case of the Calendar Girl とでもしなさいよ」

「カレンダー・ガール事件?」

「そう。誰が何といおうと――この件をひきおこしたのは、まりかちゃんと麻ちゃんとあゆみ……ちゃん、なんだから」

「まりかちゃんはともかく、麻子さんやあたしは、カレンダー・ガールじゃないわよ」

「カレンダー・ガール。暦少女、ね。今回の件で伸之君が吐いた名言って、それだけだよ」

「え?」

「女の子はみんな暦少女って奴。麻ちゃんもあんたも、充分、放っとくと次に何しだすか判らない、今日と明日じゃまるで違う、カレンダーみたいな女の子なんだから」

それから太一郎さん、マティーニを一息に飲みほした。

「ほれた弱みってどうしようもないのな」

一瞬の沈黙。あたしと太一郎さんの間の視線。それから、太一郎さん、慌てたように。

「あ、えーと、その、所長のこと、な」

「……う……ん」

また、沈黙。太一郎さん、下むいて。

「俺も近藤さんに負けずおとらず無器用なんだから」

しつこく沈黙。口火をきったのは、またしても太一郎さん。

「カレンダー・ガール……本当だぜ。家出してきた〝どうしようもないお嬢さん〟が、いつの間にか人にお説教するようになっちまって」

「い、言わないでよ」

恥ずかしいんだから。

「恥ずかしいだろ」

「え？」

何で判るの！

「あんたのことなら、何でも判るよ。……六年前の俺なんだから。年くうって、恥ずかしいことなんだよな。いつだって、すぐ下に、一年前の俺、二年前の俺、三年前の俺がいて……で、そいつらは、かつて俺がやったように莫迦なことして、悩んで、挫折して……。見てるともう恥ずかしくていられなくなっちまう」

「じゃ……ひょっとして、あたしが伸之君にいろいろ話してるの聞いてるのって……恥ずかしかった？」

「死ぬ程恥ずかしかった」

「……ごめん」

「莫迦」

マティーニ、もう一杯おかわりして。グラスの中からオリーブの実をとって、それ口に放りこんだ太一郎さん、苦笑する。

「そんなこと言うなら、俺があゆみ……ちゃんにお説教すんの、水沢さんなんか恥ずかしくて見ていられなくなっちまうだろ」

それからまたもやマティーニ飲みほす。何か……いくら何でも、ピッチ、速すぎない？

「ま、めでたいことなんだよな。あんたが人見て恥ずかしくなるってことは。それだけ、ま、成長したんだろうから。なあ、あゆみ」

あ、今度はちゃんが抜けた。と、太一郎さん、またマティーニおかわり。

「あの……いくら何でも、ピッチ速すぎない？」

「いいだろ、無事事件解決できたんだし、あんたもだんだんガキじゃなくなってきたんだし」

段々老けてきたということか……うーむ、どこがめでたいんだろう。

「段々女の子じゃなくて女の人になってゆく訳で……そのうち、子供ができて、その子育てて、孫ができて、いつか猫抱いてひなたぼっこするようになって……」

「プロセス一つとばしたわよ。その前に恋におちて結婚して」

あ。時間が。とまってしまった。太一郎さんはじっとあたしを見ていて……えーい。あたし、マイタイを無理やり一息で飲みほす。これ——えらく大量なのだわ。太一郎さんもマティーニ飲みほして。二人で同時におかわり。

「あ、今度はソルティ・ドッグ下さい」

こんな量の多いもん、目があうたび飲みほしてたら、おなかがぼがぼになってしまう。

「あゆみ。何も一息に飲みほすことを前提にして酒たのまなくてもいいだろ」

あんまりみえみえだったろうか。

「別にそういう意図があったって訳でもないんだけど……」

「そう?」

で、また目があって——また二人してグラスを飲みほす。太一郎さん、グラスの中にぽつんと残ったオリーブを、おそろしい程真面目な顔で睨む。

「た……いちろう……さん? 何してんの?」

オリーブに毒がしこんであった、とか、オリーブは実は親の仇《かたき》だった、とか……何かそれ程、おそろしい目つき。

「しっ。黙って」

えらく真剣な声。これは……ひょっとして冗談ではなく、オリーブに盗聴器でもしかけてあるんだろうか。あたし、急に緊張する。と、太一郎さん、そんなあたしの気配を察して、苦笑いうかべ。

「ああ、ごめん。悪かった。別に緊張しろって意味じゃなくて……俺がね、しっかりしないといけないと思っただけ」

「え？」

「いつまでも、二人して、目があうごとにグラスあけてたら、急性アルコール中毒になっちまうじゃないか。だからその……酒の力を借りなくても、ちゃんと話せるよう、心をきめようと思って……ま、そんなたいした話じゃないんだけどね」

「……ん……」

「えーと、その、たいした話じゃない話っていうのはつまりその……えーい、こんなことやってるから駄目なんだ」

グラスをおくと、太一郎さん、じいっとあたしの瞳を見据えた。なんか……怖い。もの凄い目。

「あゆみ」

「はい」

あたしも背筋をぴんと伸ばす。と、太一郎さん、頭かきむしって。

「あのな、頼むから緊張するな。これじゃ、武芸者の果たし合いみたいじゃないか」

「だって、太一郎さん、おっそろしい目で睨むんだもん」

「おっそろしい目で睨むって、あんた、へらへら軽薄に口説いて欲しいのかよ」

「そりゃ口説かれるんなら真面目な方がいいけどね、睨みつけなくったって……へ？」

口説くって、あの、つまり、その。えー⁉

「もういい。実力行使」

太一郎さん、軽く腰をうかすと、あたしのあごに手をかけた。あおむかせて——顔が近づいてきて——。

「お姉さん！」

どたっ。背後から聞きなれた声がして、あたしと太一郎さん、テーブルにつっぷす。まりかちゃん⁉

「お姉さん、ここにいたのお！　よかったあ」

「……全然よくない」

太一郎さん、脇むいてもの凄いいきおいで煙草ふかしだす。

「ど……どうしたの、まりかちゃん」

「ん、ショウの用意がおわったの」

とっても嬉しそうに笑って、まりかちゃん、あたしの隣に腰おろす。

「……こっちはようやく用意ができたとこなのに」

「明日のショウ、見に来てね」

甘えた声。

「特等席三枚とっといたから、チケット。あゆみお姉さんと、麻子お姉さんと、麻子お姉さんの旦那様の分。とどけようと思ってホテル行ったら、麻子お姉さんが、あゆみお姉さん、ここにいるって教えてくれて」

「……俺、決めた。徹底的にあの二人のハネムーン、邪魔してやろう」

「で、その……この人の分は……」

何か、ものすごく故意に、まりかちゃん、太一郎さんを無視しているみたい。

「あら、来るんですか」

……完全に故意に無視してる。

「いや……別に行かなくてもいいけどさ……」

「じゃ、あげます。一応」

……一応がつく訳ね。それからまりかちゃん、あたしの腕に抱きついて。

「ね、この人、お姉さんの恋人なんですか？」

「えっと……あの……」

何て答えよう。

「〝えっとあの〟程度の人なんですか」

……何と言えばいいのだ。

「じゃ、別れちゃいなさいよ」

…………………

「あ、あのねまりかちゃん」

「お姉さんみたいに強くて男らしい人なら、もっとふさわしい人が」

強くて男らしい……とてもほめられているとは思いたくない。

「……まりかちゃん。あんた、そういうことやってると、そのうち馬にけられて死んじまうよ」

太一郎さん、ぼそっと言う。

「あら、だって……先刻からずっと見てたんだけど、あなた全然はっきりしないんだもの。あなたみたいな人が相手じゃお姉さんが」

「先刻からずっと見てた？　じゃ……じゃ、よりによって一番いいとこでわざと邪魔しに……」

「んふ」

まりかちゃんは何とも色っぽく笑う。それからさらにあたしの腕にきつく抱きついて。

「ね、お姉さん、あしたのドレスなんだけど、ちょっと見に来てくれません？」

「駄目！」

太一郎さん、あたしの逆の手をひっぱる。

「これ、俺の！」

「え？」

「あゆみは、俺のもんだ！」

「太一郎さん……」

どうでもいいけど、何もそんな大声でどならなくたって……バー中の人の注目を集めてしまった。と、まりかちゃん、するっとあたしから手をはなして。

「ね。パパに山崎さんが言ったんじゃやない。ちゃんと口にしないと、伝わらないこともあるって」

「……へ？」

「女の子って、何となく判るだけじゃ嫌なものなの。ちゃんと口にだして一回はそう言ってあげなくっちゃ」

「まりか……ちゃん？」

まりかちゃん、ウインク。お、見事にきまる。

「じゃ、あたし、伸之がむこうで待ってるから……ホテルまで、送ってくれるんだって」

「じゃ……じゃ、あんた……」

……絶句。

「チケット届けにいって、いろいろな意味であゆみお姉さんにお礼をしたいって言ったら、水沢さんが言ったの」

「何て？」

「どうせあの二人のことだから、言いたいことも言えずに急性アルコール中毒になりかけてるのがおちだろうって」

……あたってる。

「だから、できたらはっぱかけてやれって」

「あの野郎……俺、絶対あの二人のハネムーン、邪魔してやる」

くすっ。まりかちゃん、笑って。

「じゃ、もうあたしお邪魔しないから。本当にあした、来て下さいね」

まりかちゃんがでていったあとで。あたし、ひどくばつが悪そうにあたしのむかいにすわっている太一郎さんを、みつめる。

「あの……」

「えっと……」

二人して、同時にしゃべりだそうとして、同時に黙り。えーい、何でだか彼の顔、まともに見られない。と。

「あゆみ」

テーブルの上の、あたしの両手。あったかくなる。あたしの両手握って太一郎さん。

「太一郎さん……」

あたしも、彼の手を……。

★

追記。

結局、太一郎さんは、まりかちゃんのショウも見られなかったし、所長達のハネムーンの邪魔もできませんでした。何故ならば……両手の骨が、くだけたからであります。それに……あれ以来、あたしの姿を見ると反射的に包帯まいた両手を体のうしろにかくすようになってしまい……。

あーあ。

〈Fin〉

熊谷正浩は〝おもし〟

……今日も、会社へ行くまで、二回、メトロから飛び下りた。トイレに駆け込む為である。

この事実を考えると。

熊谷正浩《くまがいまさひろ》は、ちょっと、思ってしまうのだ。

私が……会社勤めをするのは……あるいは、この辺が、限界なんでしょうかねえ。

過敏性腸症候群。

只今熊谷正浩が患っているのはそういう病気であって、彼の場合は、ストレスでひたすら下痢症状をおこしてしまうのである。ストレスを感じるとかなり頻繁に下痢がおこり、その場合、トイレに駆け込む以外解決方法がなくなる。（メトロに乗っている時は、「次の停車駅までトイレに行くことができない、どうしよう、もしトイレに行きたくなったとしても、次の駅までは絶対にトイレはないのだ」という〝事実〟が、そのまま〝ストレス〟になってしまうので……まさか、彼個人の事情の為に、通勤用のメトロすべての車両にトイレをつけろって運動をする訳にもいかない、これはもう、いかんともしようがない。）故に、この病気を患っているひとが、日常生活を営むのは、かなり、難しくなる。

そして、出社すれば、この病気の大本の原因になっている上司との、更に大本の原因である得意先まわりが待っている。

熊谷正浩の直属の上司は、上田《うえだ》さんといって、彼より多分、十以上は年下。

年下の上司がいることを、熊谷正浩は、まったく苦にはしていなかった。

いや、この辺が、年下の上司に判って貰えなくって、それで苦労しているのだが……。

熊谷正浩、自分のことを、まったくの無能だと思っていた。

だから、上司が自分より一回り年下であっても、それは当然。自分が無能で、上司が有能なら、それは、ありだ。

だが、熊谷正浩がそう思っているように……上司の方は、思ってくれなかったらしいのだ。

上田さんは、かなり、年上の部下が、苦手みたいですよねえ。まあ、気持ちは判ります。でも、苦手なら、私のことはほっといてくれればいいんですけれどねえ。

なんて、熊谷正浩の思いをよそに、上田氏は、何かというと熊谷に文句を言い、厭味を言い、ま、身も蓋《ふた》もなく言ってしまえば、彼のことをひたすら苛《いじ》め続ける毎日。

そこの処《ところ》までは。あんまり我慢したくはないのだが、でも、我慢できない訳ではない事実。

だが……もっと根本的に、商社での、自分の仕事自体が、熊谷正浩にはあっていなかった。

とんでもなくあっていなかった。

熊谷正浩は、かなり、情に流されてしまうタイプ。

商社というのは、おそろしく簡略化をして話を進めてしまうと、「同じ商品なら、より安く売ってくれる処からできるだけ安く買い、場合によっては買い叩き、それを、高く買ってくれる処に売る、それも、できれば、より高く売りつける、その差額で儲けてます」という商売だ。

いや、ま、本当に最初の理念から言えば、「Aという地方ではaという商品が余っている、一方、B地方では商品bが余っている。だから、Aで余っているaを、それが不足して困っているBに売る、その代わり、Bで余っているbを、それが不足しているAに売る、それで儲けている商売」なんだけど……地方間、国際間、宇宙間の情勢が、とても面倒くさくなっちゃえば、二地方間、三地方間での取引ではなく、地方、国、惑星を含めての、もう何十角関係だか判らない取引が普通になれば、それは、もはや、〝理念〟にすぎないよね。いわば、きれいごと、設立当時の商社の〝夢〟になっちゃうよね。

で、その……きれいごとじゃない、実際の部分が、とても、熊谷正浩には、嫌だったのだ。買いつけ先にも売りつけ先にも、とても感情移入してしまう熊谷正浩、「……あんなに苦労して開発した商品がこんな額にしかならないだなんて……」「こんなにも必要なものが、あんなに高いだなんて……」っていう、生産者、消費者、その両方の言いぐさに、一々過剰に同感してしまい、故に、仕事をしている間に、胃を悪くした。ストレス性胃潰瘍で入院三回。

当然、熊谷正浩の会社における評価は低くなり、まったく昇進というものと縁がない時間を過ごし、すると結果的に、かなり年下の上司ができる。そこでまた、その上司が彼のことが嫌いで（というか、おそらくは、かなり年上の部下がいることが嫌で）、何かというと彼をいびり……。

そして、三回目の胃潰瘍を何とか手術で治した熊谷正浩は、今度は過敏性腸症候群を発症した。

そんで。

熊谷正浩は思うのである。

はあ。……私が……会社勤めをするのは……もう、そろそろ……限界に、近いんでしょうか……ねえ。

★

「だから誰もあなたの意見なんか聞いていませんっ。何の生産性もない、私の意見に異を唱えるだけの議論は、やめてくださいっ」

水沢良行《みずさわよしゆき》。

行きつけの喫茶店で、将来のことについていろいろ考えていた、目をつむって、煙草ふかしていた、まさにその時、なんだか妙に甲高い男の叫び声が聞こえて、で、いきなり正気に返る。

「あ、いや、上田さん、私は何もあなたに異論を唱えている訳ではなくて、というか、何も意見は言っていませんが。ただ、二宮《にのみや》さんが仰ることも当然だと言うか、そこまで仕入れ値を値切るのはいくら何でもあり得ないというか……」

「って言った段階で、あんたはすでに意見を言ってるんですよっ。それが判らないんですかっ」

「あ。そういう話になりますか。……ああ、確かにそうですね。そう言ってしまった段階で、私は意見を言ってしまったことになるのか……」

なんか、茫洋《ぼうよう》とした声が聞こえる。その前の台詞《せりふ》が、やたらと喧嘩ごしだったせいか、なんだかその台詞、異様にぼおっと聞こえて。この辺で水沢良行、ちょっと気になって、この台詞を交わしているひと達に、何となく意識を集中する。

「とにかくね、二宮さん、弊社は、今、私が言った処まで価格を調整してくれない限り、御社の製品を仕入れることはできません」

「ですが……熊谷さんも仰っていたように、それは、不可能なのですが……」

「なら、うちが、あなたの処の製品を仕入れるのは、不可能です」

「ですが……以前は……」

「確かに以前、弊社は、そちらと、良好な取引をしておりました。そちらの商品のおかげで、弊社が儲けさせていただいたこと、それは過去、確かにありました。ですが、〝それは、それ〟です。現在、弊社は、そちらとの取引をまったく必要としていない。あなたの会社を切り捨てるのに、わが社としては、まったく問題がありません」

「……はあ……。判りました。ですよね。ということは……うちは、そちらの会社に、もう、完璧に、切られてしまったと判断致しますが……それで、よろしいのでしょうか」

ちらっ。

こう言った男、〝熊谷さん〟と思えるひとへ、視線を送る。

だが、視線を送られた〝熊谷さん〟、何も反応をしなくて。代わりに、上田さんというひとが。

「はい。まったく、結構です」

こう言い切ってしまう。

微妙に唇を噛む、二宮さんっていうひと。同時に、熊谷さんって呼ばれていたひとが、ふいに、立ち上がる。

「すみません」

傍目にもあきらかだ、この熊谷さんってひと、どっか体の具合が悪いのではないか？

そして、その、熊谷さんっていうひとが、唐突に走り去ると……ああ、トイレ、か。このひと、トイレに駆け込んだんだな、ストレスで胃か腸を悪くしてるな、なんて水沢良行が思った瞬間。

熊谷さんっていうひとの姿が視界から消えた瞬間、いきなり、上田さんってひとと、二宮さんってひとの、表情が変わる。

「ごらんのように、熊谷はまったくあてになりません。あいつには何の力もないし、実際、御社を切るかどうかの判断を下すのは、私です」

「……みたい……です……ねえ……」

「私は、ま、どっちでもいいんです。あなたが、あんな、何かあるとトイレに駆け込むだけの男を頼りにするのか、私の方にのるのか」

「……ですが……うちが、私共が、過去、本当に、ほんっとおに、苦しい時、熊谷さんにどんなに助けていただいたことかと思いますと……」

「そう思うのなら、熊谷と心中なさるとよろしい。……あくまで、ざっくばらんに申しましてね、あなたの選択肢は二つにひとつです。私をとるか、熊谷をとるか。……私の提案にのってくれた場合は、ま、最悪の事態にはならないで済みます」

二宮ってひと。もの凄く苦渋してるって表情になり、それでも。

「つまり……熊谷さんに内緒で、その、あの、リベートって奴ですか、それをうちが何とかすれば……」

「以前、御社との取引で、うちがとても助かったことは事実です。私なら、それをもとにして、何とかそちらとの良好な関係が築けると思います。勿論《もちろん》、その場合そちらの利は薄くなるでしょう。今までのようには参りません。それは、呑んで頂かないといけません。こちらの仕入れ値、十五パーセントオフという処まで、もっていかざるを得ません。ですが、〝切る〟ところまではいかずに、何とか」

「……その場合……熊谷さんを挟んでは駄目で……」

「あの杓子定規男を間に挟んでどうします。あの男はずっと、〝仕入れ値〟を二十パーセントも抑えるのはあり得ない、それでは御社が苦しすぎる、ただ、それだけを主張しているんですよ？　現行のままでゆくか、二十パーセント仕入れ値を抑えた額でゆくか、あの男が主張しているのは、そういう、〝オール・オア・ナッシング〟です」

「……確かに」

「何度でも言いましょう。何かあるとトイレに駆け込む男が、どれだけ頼りになるっていうんです。私が〝うん〟って言わない限り、熊谷が、どれ程力説しても、どれ程努力しても、弊社は御社との取引を切るでしょう」

「……です……よ……ねえ。……です、よ、かあ……。このまま、二十パーセントオフという事態を何とか回避し、でも、十五パーセントオフで、そちらにリベートを……ああ、これでは殆《ほとん》ど利益が出ない！」

「かも、知れませんが。取引がまったくなくなるのよりは、ましではないのかと」

ここで、熊谷さんってひとが、やっと、トイレから帰ってくる。上田さんってひとも、二宮さんってひとも、熊谷さんが帰ってきた瞬間、〝まったくそんな話はしていなかったんだよ〟って顔になって……。

その瞬間、水沢良行は、息を呑んだ。

だって、その、〝熊谷さん〟ってひと！　そのひとの顔をちゃんと見たら。

俺、知ってるわ、このひと。

いや、直接的には知らない。

でも、このひとにとてもよく似ているひとを、俺は知ってる。つーか、俺の親友だ。

しかも、その親友の名前は、熊谷と言った……。

☆

という訳で翌日。

水沢良行は、高校時代からの親友、熊谷正善《まさよし》と会っていた。

「んで、俺が思うに、〝熊谷さん〟って呼ばれていたし、あのひと、おまえの親戚じゃないのか？　なんか、おっそろしくおまえに似ている気がしたし、とはいえ、けっこ、年、離れているよな？　おまえの兄さんっていうには年が離れすぎているし、逆に、叔父さんっていうには年が近いような気がする。……ま、この辺、言いたくないんなら言わなくてもいいんだが……」

「ああ……そーゆー話なら、確かに、そこにいたのは、兄貴だと思う」

成程。かなり年の離れた兄ちゃんか。

「じゃあ、おせっかい承知で言うけどな、あんたの兄ちゃん……」

「上司に苛められてんだろ？　その上、胃や腸を悪くしている」

うん、確かにそんな感じだった。

「体、壊しているんだ。会社なんて辞めろって、俺も、義姉さんも、もうずっと前から言い続けている」

「その……上司に苛められている件なんだが……あんだけあからさまにやってんだ、俺の調査で、パワーハラスメント確定できると思うぞ。それに、そっちにやる気があるのなら、あの上司が相手方に要求していた、リベート問題も、追及できるんじゃないかと思う」

うん。水沢良行にしてみれば。只今、『水沢総合事務所』っていう、いわば探偵業のような事務所を開設したばかりなのだ、仕事は、も、喉から手がでる程、欲しい。いや、実の処、前の所属探偵社からまわして貰っている仕事があるので、不自由はしていないのだが、独立した以上、自分で開拓した仕事が欲しい。

「いや、パワハラ関係の立証なら、それはしなくていい」

なのに、いきなり。水沢良行の仕事意欲、肝心の〝予定仕事依頼者〟である熊谷さんによって挫《くじ》けさせられてしまうのだ。

「……へ？　しなくていい、って……？」

「パワハラ、大歓迎。も、思うさまパワハラやって、兄貴を退職に追い込んで欲しいと、俺も義姉さんも、ずっとずっと思っているんだよ」

……って……あの……なんか、どうしようもなく変なことを言われてしまった気分。

「俺も義姉さんも、ずっと言ってるんだ、兄貴には仕事を辞めて欲しいって。けど、去年、兄貴の処には、娘が生まれちゃったからなぁ……。ま、俺にしてみれば姪《めい》なんだけれど、その子が生まれちゃったせいで、兄貴は、絶対、仕事を辞めないって言っている。……率直に言って、こっちの方で困ってる。俺も義姉さんも、兄貴には仕事辞めて欲しくてしょうがないんだ」

「……って？　あのな、熊谷、正直おまえの言ってることの方がよく判らないぞ？　その、お前のお兄さんは、『娘ができたから仕事を辞めない』って言ってる訳だろ？　おお、ちゃんとした、まっとうな兄ちゃんじゃねえか。胃を壊しても、腸を壊しても、どんなに仕事が辛くても、子供ができた以上、どんな辛い仕事でも頑張って月給を稼ぐ。親の鑑《かがみ》みたいなもんじゃねえかよ」

水沢良行がこう言うと、熊谷正善、ちょっと困ったような感じで、くしゃっと表情を緩めて。そのあと、まるで、苦笑いのような表情になって。

「姪の養育の為に金が必要だから、兄貴は仕事を辞められない。そういう状況なら、そりゃ、確かに水沢が言ったとおりなんだが……」

「……違う、のか」

「違う、んだ」

ここで、ごくんと、熊谷正善、唾を飲み込んで。

「はっきり言って、兄貴はもう、仕事する必要なんてないんだよな。そもそも、就職なんかしたのが何かの間違い、そんなひとだったんだよな」

「……て？」

「ああ、こっから先は、なんか俺、素面《しらふ》では言いにくいわ。ちょっと呑みにいかねえか？」

★

てんで、適当なバーに場所を変えて。

「うちの親父ってのが、なんか変なひとでさ」

熊谷正善、ハイボール片手に。

「兄貴が二十歳になった時と、俺が二十歳になった時、成人祝いだって、これが将来の遺産分けの先渡しだって言って、結構まとまった額の現金をくれたんだよ。ただし、漫然と遣うな、〝これこれの為に遣う〟って申告して、その用途に遣うことって規制がついてたし、何の為に遣ったのか全部チェックがはいったんだけどな。それに、ま、〝まとまった額〟っつっても、大体、当時の大卒の新入社員の年収くらいだったんだけど、何たって、俺、二十歳だったろ、すんげえ金額だったよ。多分、俺より十年以上前に金貰った兄貴にしてみても、そりゃ、どえらい金額だったことだろうと思う」

「おおお」

マティーニ片手に、水沢良行、形ばかりの拍手をしてみせる。

「そりゃまた太っ腹っつーか、なんか粋な親父さんだよな」

成人祝いに豪華な〝卒業旅行〟の費用を出したり、高価な車なんか買ってやるのより、はるかに意味のあるお金の遣い方かも知れない。

「んで、俺は、それでもって、当時凝ってたフィギュア制作の為の道具をひたすら買い揃えた。普通だったら絶対手が出ない道具まで、この時に買い揃えることができて、これは本当に助かった。この時代に、道具が揃っていて、技術を磨いたおかげもあって、今じゃ、俺が作るフィギュアって、けっこ需要があるんだぜ」

「ああ。それは知ってる。一部ではマニアもいるんだって？　熊谷フィギュア」

「おかげさまで、結構いい小遣い稼ぎになっている。……けど、本当に凄かったのは、兄貴の方だ」

「……というと？」

「兄貴は、貰った金を全部、株につぎ込んだんだよな」

「……トレーダー……の、才能が、あったのか？」

「いや、それは、知らん。知らんが、とにかく、俺が見ていても、〝そこまでひとつの株に突っ込んで大丈夫なのか兄貴〟って奴をやって、それがもう、おお当たり。あっという間に、兄貴の所持金、倍近くになった」

「……」

「で、次に兄貴は、それをまた別の株に突っ込んじまって、〝おいおい、いくら何でもそれはないだろ〟って思っていたら、それがまたまた、おお当たり」

「……………」

「以降、その、繰り返し。大学を卒業した時、兄貴が就職を考えているって聞いて、親戚一同、本気で驚いたもんな。これだけの才能があるんだ、株だけで喰っていけるだろう、何だって就職なんてするんだって気分で。それに、その時で、すでに兄貴の財産って、贅沢をしなければ普通に一生を送れるようなものになっていた筈なんだ」

「……………」

「この辺、深く考えると、弟としてはかなり嫌だぞ。兄貴は、親父に貰った金でもって、生涯喰っていけるだけの貯金を作れたのに、それに十何年も遅れて金を貰った弟の俺は、その金でもって小遣い稼ぎができるようになっただけってのはよ」

「……………」

「ま、いや、時系列から言えばね、俺が親父から金貰ったのは、兄貴が就職したずっとあとなんだけどね。けど、今からいろいろ考えてみると、弟としては、かなり嫌だ、この状況」

「……………」

「ま、でも、兄貴が商社に就職して、それはそれで納得したんだ俺。確かに、トレーダーと商社って、全然違う業種のような気もするんだが、似てる処もありそうだろ？　兄貴の才能は、商社でも充分に発揮できるものではないかって素人の俺は思ったし、なら、兄貴は、ここで素晴らしい才能を発揮して、伝説の商社マンになるんじゃないかと」

「……実際……なりそう、だよな、それ……」

「けど、ならなかった」

熊谷正善、ここでぐびっと一杯目のハイボールをあけてしまう。

「ひとが絡むと、それはもう、兄貴には、無理だったんだ。あのひと、どうも、数字にはやたらと強いみたいなんだよね。いや、強いのは数字だけ、と言うべきなのか。過去の業績とか、現在の事業の指標とか、数字見てるだけならきっちりした判断ができるみたいなんだけれど、そこに、ひとがからんだら、もう、アウト。〝この技術を開発する為に、かくかくしかじかの努力が……〟なんて話を聞いちまったら、その瞬間、判断能力なくなるみたいで」

水沢良行、熊谷正浩の〝人物〟を知っている訳ではないんだけれど……あの時、ちょっと垣間見た、トイレに駆け込むひとのことを思い……なんとなく、これに、うべなってしまう。

「で、結果が、胃潰瘍と、過敏性腸症候群だ」

「成程」

こう言うと、今度は、水沢良行の方が、マティーニ、飲み干して。

「会社の方では、兄貴を雇用したことを、ずっと前から後悔してるんじゃないかと思う。俺だって、後悔すると思う。まるで予言者のように未来を見通す、敏腕のトレーダーを雇用したつもりだったのに、実際に手にはいったのは、情実にひたすら流される、辛いことがあると胃潰瘍と過敏性腸症候群を繰り返す男」

……いや……その言い方は、いかがなものかと。でも、事実は、多分、そう。

「だから、年下の上司ができたんだろうし、年下の上司がどれだけ兄貴のことをいびろうとも、多分、会社は、何もしてくれない。その辺織り込み済で、そういう性格の年下の上司が、兄貴の処に来たんだと思う」

成程。確かに、喫茶店で聞いた、あの上司の男のいいざまは、何かあまりにも類型的すぎた。客観的に言って、突っ込み処満載すぎた。でも、会社ぐるみでそういう意思があるのなら、これは〝あり〟かなって気がしないでもない。

「多分、会社側の言いたいことは、たったのひとつ、だ。まったく使えないって判った以上、円満に、兄貴には、会社を辞めて欲しい」

「だからパワハラ繰り返しているのを放っているのか？　そんなの、俺の事務所で」

「だからそれはして欲しくないんだってば。俺と、義姉さんの思惑は、実は、会社側とまったく一緒なんだ。兄貴には、円満に会社を辞めて欲しい。というか、二回目の胃潰瘍の手術の時、ほんっと、義姉さん、泣いてたもん。『会社勤めを辞めることで、あのひとの胃がよくなるのなら、会社なんて、ほんっと、いつでも辞めて欲しい。ううん、いつでも、じゃない。もっと積極的に、すぐに辞めて欲しい、じゃないと、あのひとの体が……』って」

……って……えーっと。

なんだか話がとってもよく判らなくなってきた。

これを、とにかく、纏《まと》めると。

「とりあえず、会社側は、あんたの兄ちゃんに、会社を辞めて欲しいんだな？」

「らしいよね」

「んでもって、家族である、お前達も、兄ちゃんに会社を辞めて欲しいんだな？」

「ああ、それはもう、是非。できることならば、今日にでも、是非」

「なのに、兄ちゃんは会社を辞めない。何故だ？」

「俺が聞きたいわ！って言いたい処なんだが、実は判っているんで、説明するよ。娘が、生まれたからだ」

「……って、そこがさっぱり判らない。娘を養う為に仕事が必要だっていうのならともかく、おまえの兄ちゃんは、どうやら娘を養うだけの貯金はあるみたいだ。しかも、話を聞く限りでは、むしろ会社辞めちまって、フリーのトレーダーになった方が、お金、稼げそうな感じがしてる。だから、娘の為に仕事をしているっていう訳ではない。……ここで、質問だ。何でおまえの兄ちゃんは会社を辞めない」

「……あー、えー、その……これは、俺が兄貴について推測していることであって、事実かどうかは知らねーよ、ただ、おそらくはその……兄貴には、何か、妙な規範があるような気がするんだよね」

「……はい？　規範？」

ここでその言葉が出てきてしまう意味が、水沢良行にはまったく判らない。

「そう。そもそも、就職したのだって、そうだ。大学時代の兄貴は、〝学生〟だから、トレーダーなんてやって儲けてみた。でも、大学をでたら、社会人だ。社会人であるということは、就職していなくちゃいけない。だから、就職した。……ああ、この説明、すっげえ正しい気がしてきた。うん、兄貴は、生活の為に就職した訳じゃない、勿論その仕事が好きで就職をした訳でもない、株取引で生計を立てるのが水商売だからそれを忌避した訳でもない。つまり、何かって言うと……兄貴にしてみれば、〝成人した人間はちゃんと会社に勤めるもの〟らしいんだよね。これが、規範なんだよね。だから、その〝規範〟を守る為だけに、やりたくもない就職をしてしまった」

え。

成人した人間は、就職するに決まっている。だから、そんな必要性も何もないのに、とにかく〝就職〟する。

「……そんな……就職の動機って……ありなのかよ……」

なんか、あまりに意外なことを言われてしまった為、くぴって飲み干したマティーニのオリーブが、水沢良行の唇にひっかかる。そのまま、オリーブを口の中で転がしながら、水沢良行、こう言ってみる。

「兄貴に限っては、〝あり〟なんだろうよ。実際、今、仕事を辞めないのも、それで、だ。娘が生まれたばかりだって、言っただろ？　兄貴にとっては、〝娘がいる以上〟、〝パパというのは、毎日ちゃんと会社に通っている〟、そういうひとじゃないといけないらしいんだよ。そんな規範があるみたいなんだ」

「……そんな動機で……体壊しているのに、仕事自体まったく好きじゃないのに、経済的にもまったく問題がないのに……なのに、会社を、辞めない？」

「んだよ。それで、ほんっとおに、俺も義姉さんも、困りきってる。困り果ててるって言ってもいい。義姉さんなんか、パートに出ようって、本気で考えてるぜ」

「って、また、なんか話が飛躍してないか？」

「いや、飛躍してない。そのまんま、ずばりなんだ。〝主婦〟がまっとうな仕事だとすれば、当然〝主夫〟だってまっとうな仕事だろ？　なら、義姉さんが外に働きに出て、兄貴が主夫やってれば、それで、形としては整うじゃないか。いっそ、そういう〝形〟にもってゆこうかって、本気で義姉さんは考えている。とりあえず、義姉さんがただちに就職するのは無理でも、パートなら何とかなるだろ、だから、そういう形で義姉さんが仕事について、って」

「そりゃまた……熊谷、あのなあ、そういう考え方って、確かにおまえの兄ちゃんの処は、経済的にまったく問題がないから、そんな莫迦なこと考えているんだろうけれど……それ、普通の火星の労働者に聞かれたら、本気で憤慨されるぞ」

「んなこたあ、百も承知なんだよ！　けど、実際、兄貴は、三回胃潰瘍やって、今度は過敏性腸症候群だ。これほっといて、次に胃癌になったら、どーすんだよっ！　んでもって、俺は断言するね。これほっとくと、ま、胃癌はないかも知れないけれど、他の病気に、絶対に、兄貴は、なる。なるに決まってる」

「……かも……なあ……」

水沢良行、一回こう言って、それから。

「なら、おまえの兄ちゃん、他のどっかの会社に就職すればいいんじゃないか？」

「……って？」

「いや、とにかく、今の商社を辞めて、さ、そのあと、どこでもいいから、どっかの会社に就職をする。とにかく、おまえの兄ちゃんがやりたいのは、〝毎日ちゃんと会社に行くパパ〟なんだろ？　なら、何でもいいから、どっかの会社に……」

「就職……できる、と、思う、か？」

……いや。確かに、こう聞かれてしまうと……就職、できないような気が、水沢良行にもしてきてしまう。

少なくとも、普通の意味での、普通の感じでの〝転職〟は、無理だ。一流商社に勤めている熊谷正浩の月収が、今、どんなものなんだか、それは水沢良行にも判らない話なんだが、そんな〝月収〟を確保できる企業が、こんな状況の熊谷正浩を、自社に転職させるとは思えない。勿論、転職である以上、転職先の企業には、熊谷正浩の月給を減らす権利はあるのだが、それには、おのずと、慣例的な限界がある。

また、「〝月収〟がどれだけ低くなってもいいです、いや、最悪、収入なくても構いません」だなんて言ったら……それ、熊谷さん側にしてみれば本当の話なんだけれど……怪しい。これ、どう考えても怪しい。絶対に怪しい。故に、こんなの、引き受けてくれるまっとうな企業があるとは思えない。

かといって、一回、会社を辞め、無職になって、しかるが後に新たな〝就職〟を望むには……熊谷正浩の年は、ゆきすぎている。しかも、経歴が凄すぎるし。（ちゃんと調査すれば、二十歳からしばらくの熊谷正浩が、まさに〝伝説のトレーダー〟としか言いようがない業績を叩き出しているのは、すぐに判る。そんでもって、そのあと、ほんとの一流商社にいたんだ。いや、今でもいる。）こんな、ある意味、凄すぎる、ある意味、訳の判らない経歴を持った男を、失職したあと、正式採用してくれる企業があるかどうかは、本当に謎になってしまう。

「何だかんだ言っても、無理、かあ」

「無理、だ」

このあたりで。熊谷のハイボールは三杯目になり、水沢のマティーニも三杯目を超し……。

「ところで、水沢、こんどはあんたの話をきかせろよ。火星有数の探偵事務所である、マーズディティクティヴを、おまえ、円満退社したんだって？　それも、独立するとかって理由で？」

「あ……ああ、まあ」

「すげえじゃん、それ。部下が独立するっていう理由で退社して、それで円満って、常識的に言って凄いぞそれ。どんだけおまえ、上に買われてるんだよ。……で、どうなの」

「いや、仕事はね……ぼちぼち、うちの事務所あての仕事もあるし、その前に〝マーズ〟の方から、結構定期的に下請け仕事を貰っているから、喰っていくには何の不自由もない。その辺は、大丈夫」

「おおお、すっげえ、ほんっとにおまえ、買われてたんだな。その状況で、下請け仕事が貰えるのって、すげえ」

「……ああ、いや……そりゃそうなんだろうけど。けどなあ……〝マーズ〟にいた頃には、これ、全部事務方にまる投げしてたんで判らなかったんだけれど、探偵業って、意外と書類仕事が多いんだよなあ」

「え？　いや、探偵と書類って、まったく水と油って感じがするんだけれど……」

「俺もそう思ってた。だから、独立しちまったんだけれど……」

　今の水沢良行は、まさに、これで、悩んでいる。

「本当に多いんだ、書類仕事。俺、マーズにいた頃は、結果がでりゃいいと思ってたから、依頼人に対する中間報告書なんて、事務方にまる投げしてそれでＯＫって気分だったんだけれど……依頼人って、中間報告、欲しがるんだよなあ。これがないと、うまくいってる依頼、取り下げられちまったりもするんだよなあ」

「……そ……それは当たり前のことのような気が……」

「その上。いっちばん、面倒なのがっ」

こう言うと、水沢良行、手に持ったマティーニのグラスを一気にあけてしまう。

「すべての仕事には、経費を計上する必要があるだろ、その為には領収書だの何だのが必要だろ、しかもそれを文書にして依頼人に渡す必要があるだろ、〝何故ここでこの支出が必要だったのか〟一々説明しなきゃいけないだろ、けど、そんなの〝探偵業務〟にはまったく関係がない！　いや、関係がないっつーか、関係はあるのかも知れないけれど、俺はそんなことやりたくない。もの凄く積極的にそんなことはやりたくないんだが、やらざるを得ない訳であって、しかもそれにやたらと時間がかかって……んで、それやこれや、すべてを考えているうちに、何が何だか判らなくなって……」

「……はあ」

「俺の彼女がね、今、大学にいるんだけれど、卒業したら俺の事務所に来てくれるって言ってるんだわ。とにかく経理と事務を何とかやってくれるってことで。んで……これに甘えていいのかどうなんだか、そもそも、俺の事務所に将来性があるのかどうか、その辺からして俺には判らない訳で……すっげえ、悩んでる」

水沢良行と、熊谷正善、こう言いながら、二人してお酒を飲み干し、そして、この話を、終わりにした筈だったんだが……だが。

☆

だから。

それからしばらくして。

熊谷正浩が、いきなり、水沢事務所にやってきた時、水沢良行は、本当に驚いたのだ。

熊谷正浩。熊谷正善ではない。

水沢良行の親友である、弟の方ではない、兄の方の〝熊谷〟さんが来たので。

☆

「こんにちは、水沢さん」

熊谷正浩が来た時、水沢良行は、最初、どうしていいのかよく判らなかった。

えと、この場合の熊谷（兄）は、一体、今の自分にとって、どんな関係者だって言っていいんだろう。依頼人では勿論ないし、かと言って、親友の兄がいきなりここに来たって思うのも、なんだか変だ。

だから。

って具合に、何とも覚束ない反応をするしかない、水沢良行。

「え……あの？」

「と、いう、反応をみる限りでは、水沢さん、あなた、私のことを覚えていますね？　そして、私が、何かあなたに依頼をしたいと思っている訳ではない、それ、判っていらっしゃいますね？」

って、あの。確かにそれはそうなんだが、とはいえ、これはあのその。

間違いなく、熊谷さんが依頼人ではないことは判っているんだが……でも、では、このひと、一体何の為にうちの事務所に来たんだか。それがまったく判らない。

「妻にも、弟にも、もの凄くいろいろ言われました。『とにかく仕事を辞めろ』って。妻は泣いてました」

「……あ……はあ……」

「それで、さすがに私も、考えてみました。いや、それより前に、そもそもメトロで通勤するのはもう無理かなって思ってもいましたので」

「……はあ……」

「水沢さんの処なら、こんな私でも、引き受けてくれるかも知れない。そんな話を聞きました」

……はい？

〝引き受けてくれる〟？

つまり何が言いたいんだこのひと。というか、何しに来たんだこのひと。

「まず、私の方の条件から言います。私の給料は、この事務所が軌道にのるまで、いりません」

「って、だから、あの、だから何の話を」

「なんでも、弟から聞く限りでは、あなたは、自分の恋人である田崎《たざき》さんという方を、事務と経理の責任者として雇うつもりらしい……という私の認識は、正しい、ですか？」

そ、そんなこと、俺、熊谷（弟）に言ったっけか？　いや、言ったのかも知れない、酔っぱらってたから事実関係はすでに覚えていない、でも、確かに、言ったかも知れない。

「それ、おやめください。事務はともかく、経理は、まったくの素人がいきなりできるものではありません」

なんて言われても。

「ですので、私が、しばらくの間、経理の面倒をみます。そして、徐々に、それを田崎さんという方に移行します」

って！　おい、だから、一体、何の話をしているんだよこのひと！

「君は、良行くん、ですね？」

　いや、俺は確かに水沢良行なんだけれど。だからそれが何だ。

「弟から、話を聞いています。とてもおせっかいで、とてもひとがいい、親友の〝良行くん〟の話を。高校の時からそうでした。弟は、良行くんの話をする時は、実に実に楽しそうで、私は、まだ会ったことがない、そして、将来会うかどうかも判らない良行くんに、とても好感を持ったものでした」

　って、それは、何の話なんだよー！　これ、どう繋がるんだ。

「ちょっと前まで。私は、もう、やめようと思っていました。うちの会社にい続けることを。もう、駄目かなって思っていました、うちの会社にい続けることが。そんな時、〝おせっかい〟で〝ひとがいい〟、水沢良行くんが、私の〝これから先〟について、余計なおせっかいをしているという話を聞きました」

　あああ。俺が、熊谷（弟）に、熊谷（兄ちゃん）の話をしたこと、それを、今、熊谷（兄ちゃん）は言っているんかよっ。その場合、うん、確かに、余計なおせっかいで悪かったよなっ。

「泣こうかと思いました。実際、泣きました」

　って、話がまたどこにいったのか、よく判らない。

「ありがたかった。……ほんっとうに、どれ程私がありがたいと思ったのか、多分、あなたには判らないでしょう。で、私は、考えました」

はい、何を？

「ここまでやっていただけたんだ、今度は、私が、良行くん、あなたに〝おせっかい〟をする番だと」

んとあの？

「私は、水沢総合事務所に、就職を申請しているんです」

えとあの？

「私は、只今の商社を辞めて、そののち、あなたの事務所に就職したいと思っているんです。今、その、就職活動をしております」

…………。

あの。

何か違う。

普通就職活動って、こういうものじゃないと思う。

これは絶対に違うと思うんだが……。

「他のことは、どうでもいいんです」

なのに、熊谷（兄ちゃん）は、こんなことを言い募る。

いや、あなたの就職活動、それ自体が、なんかどうでもいいもののような気がするんですが、それは俺がおかしいですか？　いや、おかしいのはあなたでしょう。

「あなたの事務所は、仕事だけはある、と、聞いております。以前あなたが所属していた探偵事務所から定期的に仕事は来る、そして今、あなたは、それだけではない、新規の依頼を獲得しようとしている、そしてそれをもとにして、以前の探偵事務所からの依頼なしでも、自分の事務所を軌道にのせようとしている」

「あ……はい」

ついつい、答えてしまうのだ、水沢良行。

「その場合。経理はとても重要です。あなたの恋人であるのなら、その、田崎さんという方は、間違いなく経理も事務も、全身全霊をもってきちんとやってくださることでしょう。おのれの能力のあたうかぎり、全力でそれをやってくれるでしょう。ですが、問題なのは、〝姿勢〟ではなくて、〝能力〟です」

えとあの。

「立ち上げたばかりの事務所の経理を、まったくの初心者がやるのは、無理です」

ですかねえ。でしょうかね。かも知れませんねえ。

でも。やってみなくちゃ判らない、そんな気分で、水沢良行は、この体制にゴーを出そうとしていたんだが……。

「私なら、それが、できます。私なら、その、田崎さんという方をフォローできます」

な……何を言っているんだろう、この男。

「弟から聞いていますでしょう? 私は、人間が絡まない、数字だけなら、とても強いんです」

あ……確かに、そう、らしいんだよね。

「ですので、私は、あなたの事務所の経理を全面的に面倒みることができる。当分の間……あなたの事務所の体裁が整うまでの間、私なら、あなたの事務所の経理を何とかできる。そして、私がそういうことをやっている間に、水沢さん、あなたの、その、彼女さんですか恋人さんですか、そのひとに、ゆるやかに、事務仕事を引き継ぐことができるのではないかと思うのです」

って!

って、何を言っているんだろう、この男はっ!

ただ。

なんというのか……水沢良行、この熊谷正浩の行動に……つい、ついつい、笑ってしまったのだ。んで、笑ってしまうっていうことは、これはもう、この段階で、水沢良行の、負け。

「要するに、熊谷……さん、あなたは、只今就職活動をしている訳、なんです、ね?」

「はい。そして、この反応ということは、水沢さんは私の就職活動をお引き受けくださる気持ちになっているって思ってもいいのでしょうか」

「いや、いいんですけどね。……けど、あんた、あの、熊谷……さん、只今のあなたは、とてもあの〝トイレ男〟と同じひとには思えない」

「……トイレ男、ですか？」

「あ、いや、すみません、これは聞かなかったことに」

「いえ、トイレ男でいいんです。大体、水沢さんが何を思っていらっしゃるのか判りました。ただ……私だってね、別に、まったくの無能って訳では、多分ないんだろうと思いますよ。いや、実際、局面によっては、私は結構有能だと思っています」

いや、そりゃそうなんだろう。情実が絡まなければ、このひとは、多分、伝説のトレーダー。ただ、商社では、その有能さがまったく生かせなかったっていうだけで。

そして。その部分を外してしまえば、熊谷正浩の能力には、きっと、折り紙がつく。そんでもってそれは、独立したばかりの水沢良行にしてみれば、喉から手がでる程欲しい能力でもあるのだ。

☆

水沢総合事務所ができた時。

自分が勤めていた探偵社を退職した水沢良行は、まず、ひとりで『水沢総合事務所』を開設。のち、熊谷正浩を社員として採用した。

ほぼ同時に、大学を卒業した田崎麻子が入社。数年後、山崎太一郎と月村真樹子が入社。

が、その後、山崎太一郎は行方不明となり、月村真樹子が退社。

二年後、行方不明だった山崎太一郎が帰ってきて復帰、そのあと、中谷広明と森村あゆみが入社。

☆

「あ、私に関して、ですがね。友達の兄で、商社をくびになった駄目男を、所長が拾ったってことにしておいてください。その方が、対外的に何かといいと思います」

この熊谷の言い分には、水沢良行、それはそれは文句があったのだが……この段階で、実は、人間としての貫禄は、熊谷の方が、はるかに上。水沢良行には、文句なんて言える感じはまったくなかった。

「あと……なんか、この間からみている限り、良行くんは、どうも私のことを〝熊谷さん〟って、呼びにくいらしいみたいですね。……ああ、弟と混同しやすいのか。なら、私のことは、〝プーさん〟とでも、何とでも」

「はい？　プーさん？」

「ええ、〝熊のプーさん〟です」

「いや、そんなの、呼べる訳がないっ！」

「じゃ、熊さんとでも何とでも」

「いや、それはそれで……」

でも。〝プーさん〟と呼ぶのよりは、〝熊さん〟って呼ぶ方が、確かにはるかにましと言えばまし。

「あと、私は、あなたのことを、これから先ずっと、〝所長〟って呼びますよ。でないと、示しがつきませんからね」

いや、なんかそんな、申し訳ない……なんて文句も、熊谷正浩、黙殺。


事実。

熊谷正浩が、水沢良行のことを、次に「良行くん」って呼ぶのは、かなり先のことになったのだ。


熊谷正浩。

おそらくは、彼は、水沢総合事務所の、〝おもし〟である。
水沢総合事務所が、ばらけず、事務所である為の、おもし。
水沢良行が、暴走しない為の、おもし。

そして、この〝おもし〟は、かなり長い間、機能していたのだ……。

〈Fin〉

あとがき

あとがきであります。

★

三回目ですので、今回は、今までとちょっと趣向を変えて、当時の思い出話など。（とは言っても、これ、初出1980年4月だぞー。も、自分の記憶が確かな自信がないです……。）

最初、『星へ行く船』は、学研の高一コースって雑誌で連載させていただきました。当時の私は大学生。大学の授業が終わった後、学研まで何回も通った覚えがあります。（でも、その頃の学研って、結構駅から行きにくい場所にあったんですよね。方向音痴の私が、よく、あそこに行けたものだ。今の私は、当時の学研に自力で行ける自信がないです。……あ、一応、念の為。学研さん、そんなに判りにくい場所にあった訳では勿論ないのでして……。実は、私が、自力で行ける自信がある出版社さんは、現時点で講談社と中央公論新社、のみ、です。この二つは、地下鉄の駅からそのまんま地下通路で繋がっていて、迷う余地がそもそもないんです。この本を出してくださった出版芸術社さんにも、私は、自力では行けません。担当編集の方に、「なんでですか？　こんなに判りやすい場所にあるんですよ？　角、一回しか曲がりません！」って言われても……ごめん、私、無理。一回でも角曲がるんなら、もう、迷う余地満載。絶対曲がる角を間違える自信がある。）

多分、一回三十枚の六回連載っていう注文をいただいたと思うのですが、この当時、私は、まだ、連載ってやったことがなかったんです。だから、その注文に応じる自信がなくって……まあ、その、今にして思ってみれば、非常に素っ頓狂なことをしました。

三十枚の六回連載、ということは、合計百八十枚の原稿を書けばいいんだよね？という訳で、まず、百八十枚のお話を、作っちゃった。連載開始前に、百八十枚すべて書いちゃって、そんでもって、それを六回分に切ったの。

おかげさまで、連載中は、とても私、気が楽でした。何たって第一回が掲載された時には、すでに全部の原稿ができていたんだもん。

ただ、そのせいで、〝連載〟の醍醐味《だいごみ》を味わえなかったっていうのは、あると思います。

連載って、ある意味、読者の反応を見ながら書いてゆく部分って、あるんじゃないかと思います。どのシーンが受けているのか、どのキャラクターが支持されているのか、そういう、読者の反応を見て、フィードバックっていうと言葉が違うかも知れませんが、読者とキャッチボールをする。これが、連載の醍醐味だと思うんですが……最初に、全部、書いちゃってたら、それはまあ、あり得ませんよねえ。

この私のお話の書き方は、そのあともずっと続いておりまして、ようやっと普通の意味での連載ができるようになったのは（毎月、指定された量の原稿を書いて、それを掲載していただき、翌月分はその後から書く）、ほんとにここ最近のことです。それでもやっぱり、あんまり読者の反応を気にしていないいんですよね、私の書き方。エッセイの連載なんかだと、ちょっとはそういうの気にするんですが、小説は、駄目。

そういう意味では、完全に私、我が儘な作家です。

も、自分の書きたいことを書きたいように書く。それ以外の書き方を知らない。

四十年近くこの仕事してますから、今更、仕事のやり方を変えようがないんですが……ほんっと、我が儘だよな。うん、天上天下唯我独尊作家……だよ、なあ。

★

あと、今でもよく覚えているのは、受賞後第一作の打ち合わせをした時のこと。

待ちあわせの場所が、麻布の喫茶店だったんですね。

すっごい情けない話をしますが。当時の私の月のお小遣いは五千円でした。んで、うちの高校から、待ち合わせの喫茶店までは、交通費が数百円かかりまして、月末が近かったので私のお小遣いの持ちあわせは少なく……喫茶店にはいった私は、そのメニューに書かれている金額に、驚愕。(そもそも、マクドナルドみたいなファストフードじゃない、ちゃんとした喫茶店にはいったのが初めてでもありましたので。)

麻布の喫茶店でしたから。コーヒーにもいろんな種類があって、六百円だの七百円だのって奴が、平然とメニューに並んでいる！　ジュースなんかだと、千円を超す奴まで、ある！……こ……こ、れ、は。どうしたもんなんだろうか。(いや、1970年代末の話なんだから、本当に高い喫茶店だったのね。コーヒーカップなんかも、全部、やたらと綺麗で凝ってる奴だったし。)

一番安い奴でも五百円はするぞ。まあ、勿論、仕事の打ち合わせなんだから、このコーヒー代は編集の方がもってくださるよね、大体、こんな高い喫茶店指定したのはあっちなんだし。でも……万一、このコーヒー代を私が払うことになったら……ああ、私今、学割の定期が通用しない処《ところ》にいる、ということは、帰る為には当然交通費が必要な訳で、それはきっと、二百円や三百円では済まない。なのに、ここで一番安いブレンドを頼んだとしても、それは五百円はする訳で、そのお金を払っちゃうと、えっと、私、そもそも家に帰れるのでしょうか？　交通費、残っているんでしょうか？

計算してみて。んー、池袋までは、何とか、行けそう。

でも、池袋から先の交通費は……。池袋から歩くとすると、二、三時間あれば何とか家までは帰れるか、でも、えっと、明日からの私の生活は？（すでにデビューしてたんなら原稿料もらってるだろって指摘は、原稿料のシステムを理解してません。原稿料っていうのは、原稿書いたらもらえるものじゃなくて、書いた原稿が雑誌に掲載されて、更にその一ヵ月くらい後に支払いされるんです。書籍に至っては、発売されてから数ヵ月後が支払いなんて、よくあります。この時は、受賞作がまだ掲載されていなかったので、お小遣い以外私には収入がなかったんです。新人賞佳作入選の賞金は、親に言われて貯金しちゃってたし。）

しかも。

本当に間《ま》が悪かったのか、待ち合わせの相手の方が、来ない！　待っても待っても、来ない！　どうしよう、どうしたんだ。どんどん、涙目になってゆく私。万一相手の方が現れなかったら、ここの支払い、私がするしかない！

ずいぶん待って、電話いれて、会議が長引いているからごめんなさい、もうちょっと待っててってお話で、待っている間中、ほんとに生きた心地がしませんでした。だってこのお茶代払ったら、家まで帰るお金がないー。

「遅れてごめんなさいね」

って、四十分くらい遅れて、待ち合わせ相手の方がいらした時に、私がどんなに安堵したことか。

この打ち合わせの結果、私の二作目は無事に雑誌に掲載されることになり、私は作家になれたのですが（賞をとっただけでは作家になれないので。その後、二作目、三作目を無事に書いて、それでやっと〝作家〟です）、あの時私が思っていたのは、多分、全然、違うこと。

……池袋からうちまで、歩かなくて済んで……よかった。（当然私のコーヒー代は、編集者の方が払ってくださいました。）

いやあ、これは、なんかトラウマになってしまいまして。今でも私、外に出る時には三ヵ所くらいにお札を忍ばせています。スイカの裏、とか、バッグの裏ポケットの中、とか。うん、何があっても、家までの交通費は、ないと危険だ。（ただでさえやたら迷子になりがちなのに……電車賃がないと、ほんっとおに悲惨なことになりそうな予感が……。）

☆

おっと。何の話を書いているんだか。

それでは。このお話、読んでくださって、どうもありがとうございました。

気にいっていただけると、本当に嬉しいのですが。

そして、もし。もしも気にいっていただけたのなら。
次のお話で、また、お目にかかりましょう——。

2016年9月

新井素子

新井素子 ☆ あらい・もとこ

1960年東京都生まれ。立教大学ドイツ文学科卒業。
77年、高校在学中に「あたしの中の……」が
第1回奇想天外SF新人賞佳作に入選し、デビュー。
少女作家として注目を集める。「あたし」という女性一人称を用い、
口語体で語る独特の文体で、以後多くのSFの傑作を世に送り出している。
81年「グリーン・レクイエム」で第12回星雲賞、82年「ネプチューン」で第13回星雲賞、
99年『チグリスとユーフラテス』で第20回日本SF大賞をそれぞれ受賞。
『未来へ……』(角川春樹事務所)、『もいちどあなたにあいたいな』(新潮文庫)、
『イン・ザ・ヘブン』(新潮文庫)、『ダイエット物語……ただし猫』(中央公論新社)など、著書多数。

初出 ☆ 本書は『カレンダー・ガール』(1983年 集英社文庫 コバルト・シリーズ)を加筆修正し、書き下ろしを加えたものです。

星へ行く船シリーズ★3

カレンダー・ガール

二〇一六年一一月二五日　第一刷発行
二〇二一年　六月一〇日　第二刷発行

著　者　新井素子
発行者　松岡佑子
発行所　株式会社　出版芸術社
〒一〇二―〇〇七三
東京都千代田区九段北一―一五―一五 瑞鳥ビル
TEL　〇三―三二六三―〇〇一七
FAX　〇三―三二六三―〇〇一八
URL　http://www.spng.jp/

印刷・製本　中央精版印刷株式会社

本書の無断複写複製は著作権法により例外を除き禁じられています。
また、私的使用以外のいかなる電子的複写複製も認められておりません。
落丁本・乱丁本は、送料小社負担にてお取り替えいたします。
©Motoko Arai 2016 Printed in Japan
ISBN 978-4-88293-493-6 C0093

星へ行く船シリーズ

好評発売中

1★星へ行く船

森村あゆみ、十九歳。〈ちょっとした事情〉で地球を捨て、火星へ家出中！地球から出航したと思ったら、やっかいな事件に巻き込まれ——表題作ほか、「雨降る星　遠い夢」、書き下ろし「水沢良行の決断」、新あとがきを併録。

本体一四〇〇円＋税

2★通りすがりのレイディ

火星にある水沢総合事務所に就職した、あゆみ。〈やっかいごと〉解決のプロとなるべく修行中！　ある女の子をボディガードせよという依頼が来るが……表題作ほか、書き下ろし「中谷広明の決意」、新あとがきを併録。

本体一四〇〇円＋税

3 ★ カレンダー・ガール

新婚旅行へ旅立った水沢所長と麻子さん。麻子さんが誘拐されたとの知らせが入り、慌てて宇宙船を追いかけたあゆみと太一郎だったが……表題作ほか、書き下ろし短編と新あとがきを併録。

本体一四〇〇円＋税

4 ★ 逆恨みのネメシス

陰湿な手紙が届き落ち込むあゆみ。心配した太一郎がレストランへ連れ出す。太一郎が席を外した隙に、知らないおじいさんが近づいてきて……表題作ほか、書き下ろし短編、新あとがきを併録。

本体一四〇〇円＋税

5 ★ そして、星へ行く船

憧れの女性・レイディに拉致されてしまった、あゆみ。〈ある仕事〉をお願いしたいと持ちかけられる。その仕事内容は魅力的だが、理不尽な条件で……表題作ほか、「αだより」、書き下ろし短編と新あとがきを併録。

本体一五〇〇円＋税